Hate me!
That's the game!

Tome 2 :
Tout le temps avec toi

Emilia Adams

HATE ME!
THAT'S THE GAME!

Tome 2 :

TOUT LE TEMPS
AVEC TOI

Emilia Adams

www.soromance.com

Livre dédicacé à Julian C. et ses musiciens.

Merci de me faire partager votre univers.
Grâce à vous, j'ai réalisé cette histoire.
J'ai toujours eu du mal à croire en moi, mais je
remercie So Romance de m'apporter cette chance
et de faire de mes rêves, une réalité.

Merci également à tous mes lecteurs
et vos messages sympathiques.

« Pensez, croyez, rêvez et osez » de Walt Disney.

Merci.

Chapitre 1
Hawaii
(The Strokes)

Aileen

Un désir ardent envahit mon corps comme un volcan en éruption. Ma peau est brûlante. Je suis sur le point d'exploser. J'ai besoin que l'on éteigne le feu qui crépite en moi, avant que je me rue sur ce beau gosse qui me contemple avec un sourire triomphant.

Ferme les yeux, Aileen ! Inspire ! Expire !

Mes hormones sont en ébullition. Mon cœur bat rapidement. Je serre les poings tout en lui attribuant un regard assassin. Je n'en crois pas mes yeux ! Il le fait exprès ! Non, mais il va me rendre carrément folle ! Il se contente de lécher sa lèvre inférieure dans une lenteur terriblement aguichante. OK, il a gagné la partie, mais je compte bien prendre ma revanche.

Ce soir, tu vas me détester, beau mec !

Nous sommes arrivés à Hawaï en fin d'après-midi, sous un ciel ensoleillé et clair. Quel contraste par rapport à ce matin où les températures à New York étaient légèrement négatives ! Les arbres étaient recouverts de givre et le bitume ressemblait à un tapis de paillettes argenté. Même si je ne suis pas fan de l'hiver, car je hais l'humidité, j'ai adoré regarder ce merveilleux paysage. C'était vraiment joli.

Nous avons quitté Seneca Falls hier après le repas de Noël. Je n'ai pas eu le temps de poser un pied dans mon nouveau chez-moi. Evan m'a pris au dépourvu, une fois de plus. J'étais loin d'imaginer que j'allais passer quelques jours sur un archipel volcanique situé dans le pacifique central. Et je peux dire que j'ai chaud. Horriblement chaud ! La faute à qui ? À cet homme face à moi, espiègle, provocateur et qui fait de mon corps un super jeu de distraction.

Où se trouve le ventilateur ?

Il me rejoint avec deux cocktails orangés dans les mains. Je le détaille de la tête aux pieds. Incroyablement sexy. J'ai envie de lui enlever sa chemise blanche qu'il a laissée ouverte et de choper la ceinture de son pantalon noir pour le fouetter avec.

Quelle belle idée qui me traverse l'esprit !

Je retiens mon sourire et attrape le verre qu'il me tend. Il s'assied à côté de moi tout en faisant exprès de me coller. Je l'ignore et sirote mon breuvage. J'admire l'ambiance que dégage la propriété qu'il a louée face à l'océan. Le salon est immense, paré de meubles exotiques et éclairé par des petites lumières incrustées sur un plafond en bois. De la grande porte-fenêtre, je peux voir la lune qui étincelle sur le sable. Ce bien prestigieux donne d'un côté sur une plage privée et de l'autre, sur une merveilleuse vallée. C'est sublime et tellement romantique. Evan s'y connaît en affaire de charme. Mes pupilles doivent ressembler à des bulles de champagnes qui pétillent.

Je l'entends rire. Je me demande comment j'arrive à me retenir pour ne pas lui grimper dessus. Quelle mission difficile ! C'est comme si on nous mettait un gâteau au chocolat devant les yeux et que l'on ne devait pas y toucher. C'est presque impossible de résister. Il a un corps à en faire frissonner plus d'une. Le mec parfait, bien gaulé et musclé comme il le faut. Je ne me lasse jamais de le regarder.

Il plonge sa main dans mes cheveux et niche sa tête dans mon cou. Je ferme les paupières et me remémore ce qui vient de se passer sur ce canapé. J'étais sur le point de jouir, mais comme il connaît mon corps par cœur, il a enlevé ses doigts de mon intimité à temps afin de me faire enrager.

Je pose mon verre sur la table en bois décorée de bougies flottantes et me lève. Je prends un air espiègle. Sans hésiter, je retire mon tee-shirt et le balance sur sa tête. Il l'attrape et le jette à terre en me souriant.

Ouais, mais ne rêve pas, ce n'est pas ce que tu crois !

— Vas-y, ma chérie, fais-moi un strip-tease.

Il joue des sourcils et savoure son cocktail. Ses yeux brillants me détaillent. Je pouffe de rire et continue mon petit manège. Je déboutonne mon pantalon et le fais glisser lentement le long de mes jambes.

— Appétissante ! Tu es vraiment une bombe !

Je glousse et tire sur le laçage de mon soutien-gorge rouge afin de lui exposer ma poitrine. Il atterrit à côté de mon tee-shirt. Sans me lâcher du regard, il se lève et pose son verre sur la table basse. Mon prédateur n'est qu'à quelques millimètres de moi et je sais que je dois prendre mon courage à deux mains pour ne pas céder. Ne pas le toucher. Ne pas l'embrasser. C'est possible ! Je recule afin qu'il ne m'atteigne pas. Mon cœur se met à battre fort.

— Je vais te dévorer, dit-il d'une voix complètement sexy.

— Tu rêves ! Attrape-moi, si tu peux !

J'éclate de rire et cours jusqu'à la porte-fenêtre. Je m'aventure dehors en marchant rapidement sur le sable fin. L'écume des vagues vient recouvrir mes pieds. Il fait presque nuit. Un petit vent frais agite mes cheveux, mais je ne trouve pas cela désagréable. Bien au contraire, j'avais besoin de faire baisser la température de mon corps.

J'avance dans l'eau en croisant les bras sur ma poitrine. Je m'arrête où les vagues légères me caressent le dos. Evan est derrière moi, je sens sa présence, l'odeur de son parfum de luxe qui envahit mes narines. Ses doigts montent et descendent le long de ma colonne vertébrale. Je frémis lorsque sa bouche effleure ma nuque et que ses mains se posent sur mes hanches. Frissons garantis. Simplement pour ça, mon corps s'enfièvre de nouveau. Et merde ! Je dois l'admettre, je n'ai plus envie de fuir, mais ce n'est pas pour autant qu'il sera winner de cette manche.

Bon allez, juste un petit bisou et c'est tout.

Je me retourne avec lenteur afin de lui faire face. Un large sourire se dessine sur son visage et je ne peux m'empêcher de l'imiter. Il est tellement beau. J'enroule mes bras autour de son cou et colle ma poitrine contre son torse. Juste un ! Ensuite, je prendrais ma revanche. Mais là, j'ai besoin de sentir sa bouche sur la mienne. C'est plus fort que moi, j'ai terriblement envie de ça.

Mes lèvres viennent délicatement couvrir les siennes. Je glisse ma langue dans sa bouche en fermant les yeux. Nos salives au goût d'orange se mélangent et des petits papillons me chatouillent le bas du ventre par ce baiser si exquis. Aïe ! Ça risque de devenir compliqué.

— Je t'aime, me souffle-t-il.

Sa façon de me le dire d'une voix sensuelle est une ruse de plus pour m'amadouer. Non, non, non ! Contrôle-toi Aileen ! Mais soudain, il m'attrape par la taille et me soulève. Nos regards s'accrochent. À cet instant, j'ai envie d'immortaliser l'expression de son visage. Il semble si heureux. Et je fonds complètement… Je suis foutue !

— Quatre jours… juste toi et moi, sans prise de tête, sans être dérangés. Loin de tout. On avait besoin de ça, n'est-ce pas ?

J'acquiesce en murmurant un oui. Être seule avec l'homme de mes rêves me procure un sentiment d'apaisement. J'avoue que je ne suis pas sereine depuis mon horrible histoire avec Kristen et Axel. J'ai beau essayer de cacher mon anxiété, je suis toujours sur la défensive. Cependant, j'ai la chance qu'Evan fasse partie de ma vie et qu'il me distraie pour éviter de penser à ces deux affreux personnages.

Nous nous embrassons encore. J'ai l'impression que ma bouche est collée comme de la glu sur la sienne. Il me repose délicatement dans l'eau. Je caresse son torse du bout des doigts et les descends lentement jusqu'à atteindre l'élastique de son boxer. C'est parti ! L'heure de la revanche a sonné. Je ne dois pas attendre une seconde de plus, sinon il va encore crier victoire.

Sans hésitation, je fourre ma main sous son boxer. Je ne suis pas étonnée que son sexe soit au plus haut de sa forme. Comment peut-il se contrôler si facilement sans aller plus loin ? Quand il m'abandonne, le corps en feu, il fait comme si rien ne s'était passé. Et moi je m'acharne à rester zen pour ne pas péter un câble.

Il humidifie sa lèvre inférieure et souffle au creux de mon oreille :

— Laisse-moi venir en toi. Je veux te sentir.

Je souris et ignore ses mots en maintenant son sexe dans ma main. Il renverse la tête légèrement à l'arrière quand je m'exécute dans des va-et-vient tout en douceur.

Je m'accomplis dans cet acte pendant un petit moment en contemplant son visage empli de désir. Il est vraiment craquant à regarder. Les pointes de mes seins se dressent et mon intimité se met à me faire des effets de dingue. J'essaie de me contrôler. Je poursuis en prenant un rythme plus saccadé et lorsque je vois qu'il gémit, je m'arrête. J'ai envie de faire la danse de la joie, mais je crois que je vais le payer. Il fronce les sourcils. Il n'a pas l'air content du tout. Ses iris sont emplis d'un feu incandescent. Je suis prête à éclater de rire, mais tout d'un coup il me porte et marche en direction de la villa.

— Repose-moi à terre, maugréé-je en essayant de me débattre.

Je bouge mes jambes nerveusement et tape comme une folle sur son dos. Il rit.

— Tu es à moi. Arrête de me frapper.

Il me couche sur sa chemise et son pantalon qu'il a échoué sur le sable.

— Tu n'aurais pas dû pas me chauffer comme ça, Aileen.

— C'est ta faute ! Tu n'avais pas à me laisser comme ça sur le canapé.

— On va rattraper tout ça, répond-il d'un timbre très sexy.

Mon cœur s'énerve. Ses mains s'emparent de mes seins. Il les palpe, les masse et me lèche les tétons. Mon sang s'embrase. Je ferme les yeux en me délectant de cet acte charnel. Sa bouche avide parcourt mon corps. C'est si bon ! Oh ! Mon Dieu ! Des vagues de plaisir m'inondent. OK, je ne veux plus jouer. Je désire m'emporter dans mon océan rose. Planer, m'envoler, rêvasser.

Très vite, je me retrouve nue. Il me pénètre lentement sans me quitter des yeux. Je me laisse aller dans cette danse érotique sensuelle, les pupilles submergées d'étoiles. Il n'y a plus de jeu. Nos corps se réclament l'un à l'autre. Un voyage au paradis nous attend pour une longue durée.

***

J'aimerais vivre ici toute ma vie. C'est si calme et reposant. Le paysage est fabuleux et surtout, je me sens bien dans les bras de mon crush. Durant quatre jours, nous avons visité cet archipel paradisiaque. Un voyage extraordinaire qui m'a ébloui les yeux.

Le premier jour, nous avons survolé Kauai en montgolfière en admirant les vallées vert émeraude, les montagnes aux sommets acérés et les falaises abruptes. C'était magique. J'avais l'impression de rêver. Les cascades majestueuses et les forêts tropicales m'ont charmée durant toute l'excursion. Nous avons dîné dans un restaurant, dégustant de succulents sushis. Le soir, complètement épuisée, je me suis endormie rapidement dans les bras de mon amoureux.

Le deuxième jour, nous avons profité de la plage privée de notre location. Je n'ai pas compté le nombre de fois que nous nous sommes emportés sous les draps, dans cette jolie chambre romantique aux couleurs chatoyantes, mais je garderai le souvenir que c'était une journée riche en amour. Nous avons laissé notre petit jeu de côté. Parfois, nous avons besoin simplement de tendresse.

Les jours suivants, nous avons embarqué à bord d'un catamaran afin de découvrir les trésors cachés des eaux bleues d'Oahu. C'était tellement fabuleux de voir les dauphins sauter au-dessus de la surface. J'ai pris énormément de photos des paysages, d'Evan et de nous deux. J'étais émerveillée. Mes plus belles vacances. Sans aucun doute, cette destination fera partie de mes meilleurs souvenirs. Mais tout à une fin, et aujourd'hui nous devons retourner à New York.

Je boucle ma valise et sors de la chambre romantique en lui envoyant des baisers par la main. Je souris à ce que je viens de faire puis rejoins Evan dans le salon. Il est au téléphone. Le soleil d'Hawaï a peaufiné sa peau, mais à l'instant je le trouve blanc. Il tourne la tête vers la porte-fenêtre. Drôle de pressentiment. Quelque chose ne va pas. Mon cœur se met à battre vite. Je n'aime pas ça du tout.

Il consulte sa montre en argent avant de s'exprimer :

— Nous décollons dans trois heures. On sera là en fin de journée.

Il raccroche et m'offre un minuscule sourire. Je fronce les sourcils. J'aimerais comprendre, mais il passe devant moi, enfile sa veste et tout ce qu'il se permet de dire est :

— Allons-y !

Je secoue la tête instinctivement. Je me pointe devant lui et demande :

— C'était qui ?

Il met au moins dix secondes avant de répondre :

— Logan.

Ses yeux affichent de l'inquiétude et il ne parle plus.

Il sort un paquet de clopes de la poche de son cuir et en glisse une entre ses lèvres. Je le regarde furieuse. Hors de question que je parte d'ici sans savoir ce que Logan lui a raconté.

Les mains sur les hanches, je vocifère :

— C'est toi-même qui m'avais dit que l'on devait tout se dire et ne jamais rien se cacher. Maintenant, tu vas m'expliquer !

Il retire la clope de sa bouche et remue son index pour me faire signe de venir.

Comme si j'allais m'exécuter ! En plein rêve !

Je lui tourne le dos. Je l'entends soupirer et s'approcher de moi. Il me fait pivoter. Mon cœur ne veut pas se calmer. J'ai l'impression qu'il va m'annoncer quelque chose qui ne va pas me plaire du tout.

— Tu as raison. Notre amour est fondé sur la sincérité et non sur des mensonges.

Il marque une pause puis me dit d'une voix basse et calme :

— C'est Adam. Il est actuellement à l'hôpital.

Je pousse un cri en portant ma main à ma bouche.

Il poursuit :

— Apparemment, il s'est fait agresser.

Je frappe comme une malade sur son bras en hurlant :

— Et pourquoi ne voulais-tu pas me le dire ? Que s'est-il passé ? Est-ce qu'il va bien ?

La rage est en train de me posséder. Pourquoi me cacher une chose pareille ? Je suis hors de moi. Je le tape encore, mais il attrape mon poignet pour m'arrêter. Je le fusille du regard.

— Ça suffit, Aileen ! Je ne voulais pas t'inquiéter, je...

Je le coupe en élevant la voix plus fort que lui :

— Dis-moi comment il va !

Je me débats. Sans succès. Il me fait reculer contre le mur.

— On est venus ici pour décompresser, pour se changer les idées et sortir un peu de notre quotidien. Je ne voulais pas te mentir, j'allais tout te raconter en rentrant à New York. À ce que m'a dit Logan, Adam aurait l'épaule cassée et quelques hématomes, mais il va bien.

J'ai les larmes au bord des yeux. Qui lui a fait ça ? Et pourquoi ? Evan m'étreint en me voyant dans ce triste état.

— Je suis désolé, murmure-t-il sa bouche posée sur le haut de mon crâne. Je n'avais pas envie de gâcher la fin de nos vacances.

Je relève la tête et plonge mon regard dans le sien. Ma colère commence à s'estomper. Je sais qu'il n'a pas voulu faire mal. Depuis mon agression, il fait tout pour me protéger. Je ne peux être que reconnaissante.

Il y a un an de cela, ma vie était plutôt tranquille. J'aimais m'éclater avec mes amis. On a passé les soirées les plus folles de notre existence. Est-ce que la notoriété va transformer tout cela ? Devons-nous toujours être prudents ? Hélas, je savais à quoi m'attendre. Rien ne sera plus jamais comme avant, mais ce n'est pas pour autant que j'ai envie de changer ma vie. Car je sais qu'elle est avec lui.

Il presse ses lèvres sur mon crâne avant de se dégager et attrape sa valise.

— Allons-y, annonce-t-il en posant sa main sur la poignée de la porte. Nous avons encore du chemin avant d'aller voir Adam.

Je hoche la tête et enfile ma veste en simili cuir rouge. Le temps sera long. Je sais que je ne tiendrais pas en place, mais Evan sera là pour me changer les idées. Enfin, je l'espère.

Chapitre 2
Obstinate
« Obstiné »
(The Strokes)

Evan

Il a neigé à New York. Il fait un froid de canard. Je suis complètement gelé.

L'air glacial me brûle le visage en sortant de la voiture. Aileen voulait absolument voir Adam dès notre arrivée. Elle n'a jamais fermé l'œil lors du vol. Terriblement stressée. Pourtant, j'ai essayé de la consoler, mais ça ne suffisait pas. Je voyais bien qu'elle était dans ses pensées. Elle croit que Kristen et Axel y sont pour quelque chose, mais pour moi, son agression est sûrement une coïncidence. Il était là au mauvais moment. Ça aurait pu tomber sur n'importe qui. Malheureusement, c'est arrivé à lui.

Mon esprit vagabonde. Quelquefois j'aimerais lire dans sa petite tête. J'espère ne pas la décevoir, mais je sais que la vie de star n'est généralement pas facile. Depuis que notre amour a été révélé aux médias, nous sommes souvent agacés par les journalistes qui nous photographient dès que l'on sort de notre appartement. Les articles sur les réseaux sociaux ne sont pas toujours sympas, mais elle a appris à prendre le bon et laisser les mauvaises critiques derrière elle. Même si parfois je sais qu'elle rumine et ne veut rien me dire. C'est ça ma vie et malheureusement je ne peux pas faire grand-chose pour changer tout ça.

Je passe mon bras autour de ses épaules et embrasse sa tempe. Elle a les lèvres légèrement bleutées. Je la serre contre moi en marchant vers l'hôpital. Je sens qu'elle frissonne. Elle me sourit timidement, mais dans ses yeux, une lueur de tristesse s'y reflète. Je déteste ça !

J'ouvre la porte d'entrée. Aileen se libère de mon étreinte et trottine jusqu'à l'accueil. J'admire l'énorme sapin dans les couleurs dorées qui décore le hall et les nombreuses guirlandes égayant ce lieu glauque.

— Chambre 228, dit-elle en chopant ma main.

Nous empruntons un ascenseur qui s'arrête au deuxième étage. Elle cherche le numéro de la chambre d'Adam.

— C'est ici, déclare-t-elle en pointant son index vers une porte.

Elle frappe et entre. Je la suis en découvrant mon batteur, allongé sur un lit, le bras plâtré et le visage tuméfié. Putain ! Merde ! Il est sacrément amoché. Aileen pousse un petit cri en mettant sa main devant sa bouche et s'élance vers lui.

Je reconnais la mère d'Adam qui est à ses côtés, une charmante femme très élégante d'une quarantaine d'années aux cheveux roux. Elle est vêtue d'un tailleur bleu marine de haute couture. Elle me fait penser à Bree Van de Kamp, dans la série *Desperate Housewives*. Une coiffure figée comme si elle avait vidé une bombe de laque sur sa tête et un sourire forcé pour dissimuler toutes traces d'angoisse.

Je m'approche d'eux. Je fais la bise à la mère d'Adam et pose ma main derrière le dos de ma belle. Adam grimace en voulant se redresser.

— Ce plâtre de merde est vraiment trop imposant. Je ne sais pas si je vais le supporter trois semaines.

Mon visage se décompose. Putain ! Trois semaines !
Sur le coup, j'ai pensé à sa santé et non à nos futurs
concerts. On en a deux de prévus début janvier à New
York. Impossible de faire sans batteur.

J'essaie de ne pas montrer ma nervosité en lui décochant
un petit sourire. Ses agresseurs n'y sont vraiment pas allés
de main morte. Il a l'œil droit tout gonflé, de nombreuses
griffes sur les joues et la lèvre inférieure fendue.

— Que s'est-il passé ? questionne Aileen, la voix
tremblante.

Je caresse son dos afin de la détendre.

— Ça s'est passé trop vite pour que je comprenne
quelque chose, répond-il en levant les yeux en l'air. Je suis
sorti du pub et on m'a attaqué pendant que je fumais une
clope.

Aileen poursuit son interrogatoire :

— Tu as vu qui t'a fait ça ?

— J'aurais aimé. Putain ça fait chier !

Il pousse violemment le drap blanc qui recouvre ses
jambes et s'assied au bord du lit. Ses yeux deviennent
obscurs.

— Trois semaines de plâtre et quinze jours de
rééducation. Je vais péter un câble !

Deuxième coup de massue ! Dans un mois, un concert
est prévu à Los Angeles. La rage monte. Je ne peux pas
l'annuler. Si je ne trouve pas de solutions, je risquerais de
décevoir mes fans. Je retiens ma colère en enlaçant mes
doigts dans ceux de ma petite pomme. Elle me regarde en
fronçant les sourcils. J'ai dû les serrer trop fort.

— Ne t'inquiète pas, Evan, ce n'est pas ce machin qui va
m'empêcher de jouer.

— J'ai quand même un doute. Avec une seule main, ça s'annonce un peu difficile, commenté-je en observant son bras plâtré.

— J'y arriverai. Peu importe comment je vais faire, mais j'y arriverai !

Son expression se fait ombrageuse.

— Je ne veux pas que tu joues dans cette condition-là. Si tu forces dessus, tu en auras pour plus d'un mois de rééducation.

Il secoue la tête.

— Alors, dis-moi comment on va faire ?

— Je n'en sais rien. Mais je t'interdis de monter sur scène comme ça.

Je me rends compte que je suis en train de m'énerver. J'ai élevé très fort la voix, ce qui laisse un silence dans la pièce.

La mère d'Adam se racle la gorge et dit :

— Il a raison, tu dois guérir avant tout. Evan trouvera une solution.

Adam peste quelques grossièretés. Sa colère est palpable. Je comprends qu'il est sur les nerfs. Moi-même le premier j'y suis. Il s'obstine, mais c'est perdu d'avance.

— Si je pouvais retrouver ces putains de connards qui m'ont fait ça… je vous prie de croire qu'ils ne s'en sortiront pas indemnes.

Quelqu'un frappe à la porte. Emma apparaît toute pomponnée, un visage de poupée. Elle est rayonnante. Elle porte un long manteau rouge laissé ouvert qui arrive à la moitié de ses cuisses. Sa robe noire souligne sa taille fine et ses escarpins argentés apportent une finition à sa tenue élégante. Elle sourit en apercevant Aileen. Elle lui tend les bras et l'embrasse sur la joue.

— Je suis trop contente que tu sois là ! Tu m'as trop manqué.

— Je ne suis pas partie longtemps, Emma.

— Cinq longues journées ! Je me suis ennuyée sans toi !

— Sympa ! dit Adam en se levant. Et moi tu m'as oublié ? Je pensais que j'étais un bon divertissement. Une moyenne de trois fois par jour, ça ne n'a pas suffi ?

Il a l'air moins énervé. Remède miracle : Emma !

— Adam ! gronde-t-elle entre ses dents. Tais-toi un peu ! Ta mère est là.

— Et alors ? Elle sait ce que c'est ! Elle a connu ça avant toi. À partir de ce soir, c'est toi qui vas devoir prendre soin de moi, dit-il tout bas, mais assez fort pour qu'on l'entende.

Il joue des sourcils et lui donne une claque sur ses fesses. Elle bondit.

La mère d'Adam se racle de nouveau la gorge. Elle revêt son manteau gris et attrape une pochette brillante qui est posée sur une table ronde. Emma fait les gros yeux à Adam, les joues écarlates.

— Je vais vous laisser, dit madame Bree. Je reçois des amis d'ici une heure et rien n'est prêt.

Elle nous fait la bise chacun notre tour.

— Sois prudent mon fils. Fais bien attention à toi. OK ?

— Ne t'inquiète pas, je ne serai pas seul ce soir.

Elle soupire et l'embrasse sur le front avant de quitter la chambre. Un homme en blouse blanche entre à son tour. Il sourit en me regardant.

— Evan Swain ! Quelle surprise ! annonce-t-il en avançant vers moi. Jamais je n'aurais pensé vous voir ici. Je peux faire une photo avec vous ? Vous voulez bien ? Je suis un grand fan de votre groupe.

Je serre les dents. Une photo ! Je ne suis pas d'humeur, mais finalement je dis :

— Bien sûr. Faites-vous plaisir.

Il sort un téléphone de sa blouse et le place devant nos visages. Clic… Deuxième clic… Putain ! Il va s'arrêter ? Troisième… Je dois tirer la gueule sur toutes les photos.

— Merci. J'ai vraiment hâte de vous revoir à un de vos concerts. Vous déchirez les gars !

Je lui lance un sourire forcé.

— Annoncez-moi une bonne nouvelle, intervient Adam. Je vais pouvoir sortir ?

— Vos bilans sanguins sont très bons. Rassurez-vous, vous ne passerez pas le réveillon de la Saint-Sylvestre avec nous. Mais je suis un peu déçu de ne pas vous garder. J'aurais bien voulu avoir un concert privé, ricane-t-il.

Adam se marre et lui serre la main.

— Merci, docteur. Vous savez, même si vous m'aviez dit de rester, je me serais sauvé. Passer la nouvelle année dans les hôpitaux, ce n'est pas mon truc.

— Je crois que ce n'est le truc de personne. Filez avant que je ne change d'avis.

Il lui décoche un clin d'œil avant de sortir de la chambre. Emma sourit de toutes ses dents.

— Il est temps pour nous de partir aussi, dis-je en passant mon bras autour de la taille d'Aileen. On se rejoint au studio comme prévu ?

— Ouais, bien sûr. Ça ne m'empêchera pas de picoler. Ma mâchoire est encore en bon état.

Il empoigne son blouson. Emma l'aide à lui enfiler par-dessus son bras. Nous leur faisons signe de la main et sortons de la chambre.

Aileen semble plus détendue. Elle a repris de la couleur. Je suis toujours sur les nerfs, mais je vais éviter de lui montrer. J'ai bien une solution. Je peux remplacer Adam pendant quelque temps, mais ça me fait horriblement chier. En attendant, je préfère ne plus trop y penser. C'est le réveillon de la Saint-Sylvestre. Je compte bien m'amuser… surtout avec la délicieuse créature qui est à côté de moi.

Chapitre 3
No one there
« Personne là-bas »
(Exhibition/Julian Casablancas)

Aileen

Il ne m'a presque pas adressé la parole depuis que nous rentrés. Il est frustré et pensif. Il ne veut pas me croire quand je lui dis que Kristen et Axel y sont sûrement pour quelque chose, mais j'ai un drôle de pressentiment. Adam n'a pas d'ennemis et je ne comprends pas pourquoi il s'est fait attaquer de cette façon. Bizarrement, il s'est fait agresser une semaine avant la reprise des concerts. Je trouve cela louche. Un coup de vengeance, j'en suis persuadée.

Depuis ma mésaventure, je n'ai pas revu Kristen et Axel. Je sais que cette blondasse s'est fait virer de son agence de mannequins. Aux dernières nouvelles, j'ai lu sur les réseaux sociaux qu'ils étaient partis en vacances aux Bahamas, mais peut-être qu'ils ont engagé des personnes pour nous punir. Trop de doutes fusionnent dans ma tête. Je me fais peut-être des idées. J'espère vraiment que l'on retrouvera ces abrutis qui ont fait ça à mon ami.

Je pose ma valise dans ma chambre. Les frissons m'envahissent quand je pense que l'appartement d'Evan est également le mien. Depuis plus d'un mois, je viens ici tous les jours, mais je ne m'attendais pas à ce qu'il m'offre la clef pour vivre avec lui. La décoration est quasi inexistante.

Les murs sont blancs et seul le strict minimum habille les pièces. Lorsque nous avons pris l'avion pour nous rendre à Hawaï, il m'a dit que je pouvais apporter une petite touche personnelle pour me sentir réellement comme chez moi.

J'espère qu'il ne m'en voudra pas. J'ai des idées.

— Je veux que tu mettes ça ce soir.

Je sursaute. Je n'avais pas entendu Evan entrer. Il s'approche de moi, un sourire en coin. Dans une main, il tient mon chemisier à fleurs. Le chemisier de notre rencontre. Mes joues s'empourprent. Je me souviens de ce jour comme si c'était hier. Je pensais vraiment que j'avais loupé cet entretien. J'avais réussi à le convaincre sans m'en rendre compte. À cette période-là, il voulait se redonner une chance avec Kristen. J'ai tout chamboulé dans sa vie et qu'est-ce que ça me fait plaisir ! Maintenant, je peux dire que je suis officiellement sa petite amie.

Prends ça dans tes dents, Kristen !

En prenant un timbre appétissant, il poursuit

— En ouvrant deux boutons.

Il pose sa main libre sur ma taille et capture mes lèvres. Son baiser me fait perdre pied.

— Sans oublier ton parfum parce que ce soir… je vais réaliser ce que j'avais imaginé quand tu étais dans mon bureau. Et je sais que tu avais les mêmes désirs.

Il joue des sourcils. Mon cœur s'enflamme.

— Et donc tu préfères que je mette une jupe ou un pantalon ?

Je bats des cils. Je connais la réponse. C'est simplement que j'ai envie de voir son délicieux sourire s'épanouir sur son visage. Il me fait tant craquer. Et c'est ce qu'il fait. Mon cœur fait une embardée. Quel mec sexy !

Il ricane en caressant ma bouche du bout de son index. Nouveau frisson.

— La question ne se pose même pas. Une jupe sans culotte.

Il rit et me fait reculer. Je bascule sur le lit. Je vacille quand il s'allonge sur moi et m'embrasse sensuellement dans la nuque. J'ai terriblement envie qu'il me fasse l'amour maintenant. Cependant, nous n'avons pas le temps. Nous devons rejoindre tous nos amis au studio pour faire la fête. Heureusement qu'Emma s'est chargée de faire livrer le repas par un traiteur.

J'essaie de le repousser en posant mes mains sur son torse.

— Je dois prendre une douche, Evan.

— Ça tombe bien, moi aussi. On va commencer par enlever ça.

Il déboutonne mon gilet. Et voilà que je me laisse faire. Quel ensorceleur ! Cependant, une idée me traverse l'esprit. Je repense à la façon dont il me narguait quand il comptait à rebours et que ça me mettait hors de moi. J'ai envie de faire la même chose.

— Tu as quinze minutes, pas une minute de plus.

Il sourit.

— Très bien, je peux te faire jouir en si peu de temps, répond-il en haussant plusieurs fois de suite les sourcils. Ou pas. Je ne sais pas si je dois rester sage.

— Ne rêve pas, Evan ! Pas de jeu ! Tu vas me faire jouir maintenant !

Ses yeux reflètent un désir malicieux. Il me soulève afin de me porter. Rapidement, il marche en direction de la salle de bains. Il me fait entrer dans la cabine de douche, ouvre le robinet et me plaque contre la paroi. Il me dévore comme s'il avait une faim énorme. Je frémis. Qu'il me fasse l'amour maintenant, je n'en peux plus !

— Dix minutes, le nargué-je.

— Au diable le temps ! Je vais te donner tout le plaisir que tu veux.

Je souris.

Il libère le bouton de mon pantalon, baisse ma braguette et sans plus attendre, il aventure sa main sous ma culotte. J'encercle son visage de mes mains fébriles. Nos lèvres s'épousent. Nos langues se cherchent. Le temps ne me semble plus important à cet instant. Je veux qu'il m'emporte dans les profondeurs de la luxure.

**

Quand nous arrivons au studio, la fête bat son plein. Nous sommes les derniers arrivés. Je m'en doutais un peu. Quinze minutes c'était peu. On a doublé le temps. Mais ça en valait vraiment le coup. J'aime faire l'amour sous la douche. Ce n'est pas la première fois que l'on s'emporte dans cet endroit, mais j'avoue que c'est un de mes préférés.

La musique est assourdissante. Emma est assise sur les genoux d'Adam en train de l'embrasser avidement, Logan danse sensuellement avec une blonde que je ne connais pas et les autres picolent.

Je n'ai mis les pieds que deux fois dans cette pièce, le jour où Evan m'a fait la visite du lieu. Le studio comprend un accueil, un bureau, une salle d'enregistrement et cet espace aménagé comme un petit salon. Les murs sont peints en rouge. Deux canapés en cuir noir, une table basse laquée de la même couleur et un coin cuisine égayent la salle. Ce soir, une grande table rectangulaire ornée d'une nappe blanche pailletée se trouve face aux canapés. Elle est décorée de bougies flottantes et de lierres. Et des figurines de chat de Noël. Du Emma tout craché !

— Oh ! Zut ! J'ai oublié mon sac dans la voiture. Donne-moi les clefs s'il te plaît.

Evan me les tend et m'embrasse sur la tempe. Je longe le couloir, tourne la clef qui est restée dans la serrure de la porte de l'accueil et sors du studio. Le vent est glacial. J'ai froid entre les jambes. C'est ma faute, je n'ai pas mis de culotte. Evan me fait perdre la tête.

Le macadam brille. Je fais attention de ne pas trébucher avec mes chaussures en avançant vers la voiture. Des talons aiguilles ! Deuxième idée d'Evan qui a voulu que j'opte pour celles-ci. Elles sont grises et noires, hyper sexy. Et voilà que je m'imagine nue avec ces escarpins. Je me mets à rire toute seule comme une folle. Quand je suis avec lui, je perds tout contrôle. Je repense à mes débuts où j'étais un peu timide, mais il a vite trouvé le truc pour me décoincer.

J'ouvre la voiture en pointant la clef devant, attrape mon sac et la referme d'un coup sec. Mon regard se neutralise soudainement dans la rue face à moi. Quelque chose m'intrigue. J'aperçois quelqu'un aux longs cheveux. Ses pas résonnent sur le sol bruyamment. Mon sang se glace d'effroi. J'ai la frousse parce que le rire qui me vient jusqu'à mes oreilles m'est familier. Je le reconnaîtrais parmi mille. Kristen !

Elle fait demi-tour et s'éclipse. Je ne la vois plus. Je me précipite à entrer dans le studio, le cœur qui bat à tout rompre. Je ferme la porte à clef. Je suis persuadée que c'était elle. J'en mettrais la main à couper. Mais qu'est-ce qu'elle fichait ici ? J'ai terriblement peur. Je sais très bien qu'elle n'en a pas fini avec nous. Si j'en parle à Evan, il va me prendre pour une folle. OK, il la connaît mieux que moi, mais j'ai des doutes sur cette femme. Je lui ai piqué son mec. Je comprendrais qu'elle veut me pourrir la vie. Mais maintenant qu'elle a trouvé Axel, pourquoi ne passe-t-elle pas à autre chose ?

Je tente de me calmer. J'inspire, j'expire lentement et marche le long du couloir. Evan est assis sur le canapé à côté de Jayden et Stan. Il fronce les sourcils quand je m'approche de lui.

— Tout va bien ? me demande-t-il en attrapant ma main.

Je bascule sur ses genoux. Je lui rends ses clefs qu'il fourre dans la poche de son pantalon noir. Je déboutonne mon manteau. Evan m'aide à le retirer et le pose sur la chaise derrière lui.

— Tu es blanche, Aileen. Que se passe-t-il ?

Il plonge ses yeux dans les miens en prenant un air dubitatif. Si je ne lui dis pas la vérité, il va se fâcher. Ce n'était peut-être pas Kristen. Mais ce rire… j'en ai la chair de poule.

— J'ai vu quelqu'un dans la rue. J'ai pris peur.

— Pourquoi ? Il t'a dit quelque chose ?

— Non, je l'ai vu de loin.

Il caresse ma bouche du bout de son index. Un geste pour me détendre et ça fonctionne.

— La prochaine fois, je viendrai avec toi. OK ?

Je hoche la tête. Je me sens rassurée dans ses bras. J'espère que ça me passera et que plus jamais Kristen ne remettra ses sales pattes dans ma vie. Mais ça, je n'y crois pas.

***

Pendant un certain temps, nous discutons, buvons quelques verres de punch en nous goinfrant de toasts succulents. La blonde qui colle Logan ne m'a pas encore adressé la parole. Rien qu'à voir sa tête, je ne l'aime pas. Et cette tenue ! Waouh ! C'est horrible. Une robe en motif léopard. Un souvenir me revient. Le sosie de Courtney Love, au premier concert d'Evan qui portait une veste du même genre. Je ris. J'étais complètement bourrée. J'ai cru qu'elle avait embrassé Evan, alors que c'était son mec et ça m'avait mis hors de moi. Résultat, je me suis pris une gifle en pleine figure par cette fille. Je l'avais cherché.

Pour en revenir à la fille qui danse collé-serré contre Logan, je la trouve vraiment très aguichante. Ses seins débordent de son décolleté et elle semble terriblement en chaleur. Logan a le don pour s'attirer de sacrés cas ! Quant à Alec, il paraît à moitié ivre. Il chante comme une casserole. Il ne changera jamais. Les jumeaux remuent énergiquement en plein milieu de la piste et Conrad s'est approprié le rôle de serveur. Nous n'avons pas le temps de voir notre verre se vider.

Evan a parlé avec Ethan, le batteur des Hot Boys. Il a pris la décision de le former pour remplacer Adam pendant sa convalescence. Ça n'a pas trop l'air de plaire à mon ami, mais si on veut éviter d'annuler tous les concerts, je crois qu'il est préférable d'opter pour cette solution.

Emma vient en courant vers moi et s'assied sur le canapé. Elle est essoufflée.

— C'est Mila !

Elle positionne son téléphone devant notre visage et ouvre la conversation. Mila est rayonnante. Elle a coupé ses cheveux au carré. Quel changement ! Cela dit, ça lui va très bien.

Elle nous envoie un magnifique sourire avant de s'exprimer :

— Salut les filles ! Waouh ! Vous êtes à croquer ! Aileen, tu es éblouissante. Tu es vachement bronzée !

J'ai eu le temps de peaufiner ma peau même si Evan a abusé de mon corps (OK, j'ai abusé de son corps également). Je tourne la tête en l'observant en train de discuter avec le nouveau batteur. Nos regards se croisent. Nous nous sourions. Et là, il se met à jouer des sourcils. Pourquoi se lèche-t-il sa lèvre inférieure en passant sa main dans ses cheveux ? Et ce regard espiègle... Il a envie de jouer. Oh ! Mon Dieu ! Des papillons se manifestent dans le bas de mon ventre. J'ai besoin d'un éventail ! J'ai chaud soudainement.

— Aileen ! Arrête de mater ton mec, braille Emma. On n'est pas encore au dessert !

Je rougis. Mon cœur bat vivement dans ma poitrine.

Ce n'est pas ma faute s'il est terriblement excitant !

— Comment ça se passe à Boston ? demande Emma à Mila. Tu aimes ta nouvelle vie ? Ashton est toujours aussi... comment dire... joueur ?

Mila glousse. Elle s'éclaircit la gorge avant de parler :

— Je pourrais en écrire un livre tellement ma vie sexuelle est pigmentée ! Vous pensez que je devrais m'y mettre maintenant ?

Nous éclatons de rire.

— J'adore Boston. Ma collègue est trop sympa. On donne des cours de yoga trois fois par semaine. Je suis vraiment dans mon élément. Ce n'était pas une si mauvaise chose après tout de m'être fait renvoyer.

Je pâlis. Miss blondasse brouille de nouveau ma vision. Mila serait en train de faire la fête avec nous si cette greluche n'avait pas foutu la merde. J'adorais passer des soirées à chanter, rire et papoter avec mes amies. Plus rien ne sera comme avant. Mila a une nouvelle vie. Loin de nous.

— Et vous les filles ? Quoi de neuf ?

Emma lève les yeux en l'air.

— Adam s'est fait agresser hier. Il a une fracture à l'épaule.

— Quoi ? Mais ce n'est pas vrai ! Qui lui a fait ça ? Il va bien ?

— Ouais, je vais bien, intervient soudainement l'homme en question.

Je ne l'ai pas entendu arriver. Il est derrière nous. Il penche sa tête et la pose sur l'épaule d'Emma pour mieux regarder l'écran.

— Ce n'est pas ce plâtre enquiquinant qui va me pourrir la vie et si je retrouve ces crétins, ils risqueraient de passer un mauvais quart heure.

Elle l'observe, horrifiée.

— Ils ne t'ont vraiment pas loupé !

— Tu ne me le fais pas dire ! Bonne soirée, Mila. À bientôt.

Il dépose un baiser sur la nuque d'Emma avant de rejoindre Evan. Evan qui me contemple toujours avec ce sourire aguicheur. J'ai terriblement besoin de l'embrasser. Je me mords la lèvre inférieure. Il m'imite. Putain ! J'ai encore envie de lui. Ce n'est pas possible, ce mec à un don, le pouvoir de m'ensorceler. Et il a encore fait exprès de ne pas boutonner sa chemise complètement. Il sait que j'adore ça.

— Aileen ! hurle Emma. Arrête de baver ! Tu as entendu ce que vient de dire Mila ?

Je secoue la tête, légèrement embarrassée.

Ne jamais nous laisser dans la même pièce. Ça en devient insupportable !

— Elle nous rendra visite dans le mois de février.

— Oh super ! Tu nous manques, Mila, dis-je d'une voix un peu triste.

— Vous me manquez aussi les filles. J'ai hâte de refaire une soirée karaoké avec vous et une journée shopping.

J'ai les larmes au bord des yeux. Ça me manque aussi.

— Bon, je vous laisse. Ashton m'attend. Faites attention à vous et une bonne année en avance.

Emma lui envoie un baiser par la main :

— Bonne année à toi aussi.

Elle imite Emma avant de couper. Evan vient vers moi en prenant une marche nonchalante. Figé devant moi, il me tend la main afin que je me lève. Je m'exécute en abaissant ma jupe. Il me ramène à lui et pose ses lèvres sur les miennes sensuellement.

— Est-ce que je t'ai dit que tu es hyper canon ? me susurre-t-il à l'oreille.

Il me la mordille en grognant. Les papillons dans mon ventre sont toujours présents. Oh ! Bon sang ! Cet homme m'a vraiment ensorcelée.

Je souris et lui murmure un oui.

— Viens avec moi.

— Où ?

— Dans mon bureau. J'ai une surprise. Rappelle-moi de fermer la porte à clef quand on y entrera. Je n'ai pas envie que quelqu'un vienne nous perturber, hausse-t-il les sourcils plusieurs fois de suite.

J'ai les joues qui deviennent bouillantes. Emma me regarde en faisant les gros yeux. Elle ne dit rien, mais elle a très bien compris. Evan n'a pas été très discret et je sais qu'il l'a fait exprès. Bon, j'avoue que j'aime quand il me parle comme ça. Ça me rend complètement folle.

Main dans la main, nous traversons le couloir. Il se pointe devant la porte de son bureau.

— Prête ?

En battant des cils, je lui réponds :

— Toujours.

Un sourire étire sa bouche. Il ouvre la porte. Je suis subjuguée par le décor de la pièce. Elle est éclairée par des bougies posées sur le sol. En m'aventurant, je me délecte du parfum fruité qui s'y dégage. Dans le fond, près du mur se trouve un canapé noir garni de coussins rouge et blanc. Face à la fenêtre, rien n'a changé. Il y a toujours son bureau avec de nombreux papiers chiffonnés.

— Mais… quand as-tu eu le temps de faire tout ça ? demandé-je en enroulant mes bras autour de son cou.

Ses mains glissent aux creux de mes reins. Il me répond d'un baiser. Tendre… aphrodisiaque… délicieux… Suffisant pour que je plane.

— Je n'ai rien fait du tout moi. J'ai une secrétaire sympa qui me donne parfois un coup de main.

Kathy ! Je me souviens de cette femme à l'allure un peu bizarre. Je l'ai aperçue deux fois depuis que je suis avec Evan.

— Ferme la porte, Evan, dis-je en papillonnant des cils.

Il s'exécute, revient vers moi et prend une de mes mains dans la sienne.

Il chantonne :

— *Baby, just wanna waste my time with you. Ask me anything.*

Je frémis. J'adore ces mots, cette mélodie. Ça me rappelle Boston.

Mon lendemain de cuite ! Superbe réussite !

Il me fait tourner sur moi-même comme si on dansait. Nous reculons jusqu'au canapé. Ses yeux expriment tellement de sentiments. Impossible de me cacher qu'il a une terrible envie de me faire l'amour. Il est inarrêtable. Et j'avoue que je suis infatigable.

— Demande-moi n'importe quoi. Qu'est-ce que tu veux, Aileen ?

— Je veux que tu me fasses l'amour, mais pas sur le fauteuil.

Son regard devient brûlant. Je sais à quoi il pense.

— Tu as raison. J'ai rêvé plus d'une fois de te faire jouir sur mon bureau.

— Alors pas de jeu ce soir ?

— Pas maintenant.

Il ricane. Je pousse un cri quand il me soulève et me donne une claque sur les fesses. Il éjecte les papiers de son bureau et m'allonge dessus. Une de ses mains glisse sous ma jupe pendant que l'autre malaxe mon sein gauche. Mon corps s'embrase.

— Quand je viendrais ici, je penserais à ce que l'on a fait sur ce bureau et ça me motivera pour toute la journée.

Il m'adresse un sourire malicieux. Il faut reconnaître qu'il a un charme extraordinaire et des mots audacieux qui affolent mon cœur.

— Je vais d'abord te faire trembler. Tu en as envie, n'est-ce pas ? Tu veux que ma bouche s'aventure là ? Me demande-t-il en pointant son index vers mon intimité.

Je hoche la tête, les joues rouges.

Il caresse ma jambe lentement en me scrutant intensément. Mon sexe palpite.

— Oui, je souffle. Maintenant, Evan.

— Alors, c'est parti, dit-il en me décochant un clin d'œil.

Je plonge mes doigts dans ses mèches rebelles pendant qu'il aventure sa tête sous ma jupe. Il effleure sa bouche sur mon intimité. Je gémis dès que sa langue entre dans les profondeurs du désir. Je suis complètement ailleurs. Tout ce qu'il me fait est tellement divin. Il est un dieu du sexe. Bon sang !

Je tire sur sa chevelure. Ses coups de langue gagnent du terrain. J'incline la tête sur le côté et tout d'un coup, mon estomac fait un saut périlleux. Une silhouette connue de mon imagination nous espionne par la fenêtre. Je pousse un cri monstrueux. Evan s'arrête et regarde dans la direction où mes yeux se sont posés.

— Kristen !

— Qu'est-ce que tu racontes ?

— Elle était là, j'en suis sûre. Je l'ai vue !

Je me mets à trembler. Evan lève un sourcil. Il me dévisage, le regard plein d'interrogation. Effectivement, il ne doit pas me croire. Il n'y a plus personne, mais je n'ai pas rêvé !

Un sanglot m'échappe. Evan m'enveloppe dans ses bras et pose sa bouche sur le haut de mon crâne. Ça ne m'apaise pas. Savoir qu'elle se trouve ici, pas très loin de nous me donne la frousse.

— Ton imagination te joue des tours, Aileen. Il n'y a personne.

Je le repousse et frappe de mes petits poings sur son torse. Je m'acharne dessus.

— Pourquoi ne me crois-tu pas ?

Il pose ses mains sur les miennes pour que je cesse et s'exprime en haussant la voix :

— Putain, mais arrête ! Calme-toi ! Je vais jeter un œil. OK ?

Je secoue la tête.

— Aileen ! Comment veux-tu que je vérifie si tu ne me laisses pas y aller ? Rejoins les autres. Je n'en ai pas pour longtemps.

Je soupire, mais acquiesce limite au bord de l'explosion. J'ai vraiment l'impression qu'il ne me croit pas et qu'il fait ça juste pour me rassurer. Je vois encore son visage de vipère quand elle était en train de nous mater. Même dans la pénombre, la haine était palpable dans ses yeux.

Je sors furieusement du bureau et entre dans la salle où se trouvent mes amis. J'attrape mon verre, posé sur la grande table rectangulaire, verse du punch et l'engloutis de moitié.

— Trois, deux, un, bonne année ! hurlent mes amis dans la pièce.

Je ne suis pas d'humeur, mais je fais comme si rien ne s'était passé, même si mon cœur est à vif. Je repose mon verre et essaie de sourire. J'embrasse les jumeaux qui sont à côté de moi, puis Logan et sa pouf. Adam me serre dans ses bras en me chiffonnant les cheveux. Je me mets à râler en lui donnant une claque sur son bras intact. C'est à ce moment-là qu'Evan apparaît devant moi. Il me tend les bras, le visage rayonnant. Je reste figée sur place. La frustration et la peur sont toujours présentes. Je ne sais pas quelle attitude prendre. Je suis perdue, mais ce regard… Il m'hypnotise ! Une petite voix dans mon cerveau me dit de me débarrasser de mes idées noires. Je ne veux pas me fâcher avec Evan. Ça serait ridicule de commencer l'année de cette façon.

Je cède et avance vers mon amoureux timidement. Il m'accueille dans ses bras. Il est complètement gelé.

— Bonne année, ma chérie.

Il pose ses mains glacées sur mon visage et m'embrasse fort. Si fort que mon cœur se met à tambouriner dans ma poitrine sauvagement.

— Bonne année, Evan.

Je baisse la tête, mais il relève mon menton pour plonger ses yeux dans les miens.

— Il n'y avait personne dehors, mais je n'ai pas dit que je ne te croyais pas. Je suis là pour te protéger. Fais-moi confiance, Aileen. Je t'aime.

Je fais de grands gestes avec mes mains en m'exprimant :

— J'ai l'impression de la voir partout. Je te jure, je l'ai vue et…

— Chut ! C'est bon ! Calme-toi. Tu ne crains rien.

Il m'enlace et mon corps se détend. Comment rester en colère après lui ? C'est impossible ! J'ai tellement besoin de cet homme et de toute la tendresse qu'il m'apporte. Miss blondasse ne gagnera pas. Elle ne réussira pas à briser notre amour.

— Ne parlons plus d'elle. Nous sommes là pour faire la fête. OK ?

J'approuve en hochant la tête et me laisse guider quand il prend ma main dans la sienne. Il s'assied sur le canapé et je me retrouve sur ses genoux. Il pose une main sur mon visage et l'autre derrière ma nuque. Il m'embrasse. Son baiser si tendre m'étourdit. Il a raison, je vais me chasser cette Barbie de ma mémoire. Peut-être que j'ai rêvé après tout. Mais je sais que je mens à moi-même. Elle était là.

Il est tard quand nous entrons chez nous. Finalement, j'ai réussi à me détendre, grâce à Evan. Nous avons passé une bonne soirée même si on a dû ramasser le vomi d'Alec sur le canapé. La blonde dont son prénom ne me revient pas ne m'a jamais parlé. Emma et Adam filaient le parfait amour et les autres étaient à moitié ivres. Non ! Ils étaient carrément saouls !

Je retire mes escarpins et mes vêtements me laissant juste en petite culotte. Je saute dans le lit et amène la couverture complètement sur moi. Evan me rejoint. Il se blottit contre moi. Il m'enveloppe. Je frissonne. Je me sens bien. Et ce que j'aime le plus au monde, c'est lorsqu'il respire mon cou en se délectant de mon odeur et en me mentionnant énormément de « je t'aime ».

Je ferme les yeux. Je pense à nous deux, à ma vie à ses côtés. Je souris. Je sais que ça ne sera pas toujours facile d'être l'amoureuse d'une star, mais c'est mon choix. Et jamais je n'y renoncerai.

Chapitre 4
Fear of sleep
« Peur de dormir »
(The Strokes)

Aileen

Je flâne dans le centre-ville de Brooklyn, vêtue de mon manteau rouge, d'une énorme écharpe en laine noire et d'un béret de la même couleur. Je déteste avoir un truc sur la tête, mais Emma a insisté pour que je le porte. Elle trouvait que ça m'allait super bien. Je n'ai rien dit, je l'ai laissé faire et je suis partie faire du shopping.

Il fait un froid glacial. Le macadam brille et il est hyper glissant. Il y a très peu de voitures qui circulent à cause de ce temps et la plupart des gens doivent être chez eux, bien au chaud, au pied de la cheminée. J'aurais pu rester à l'appartement, blottie sur le canapé, enveloppée dans une couverture avec un bol de chocolat fumant pour me réchauffer. Cependant, j'avais envie de sortir et d'acheter plein de choses pour décorer l'appartement. Et j'avoue que j'adore regarder les éclairages des fêtes de fin d'année. C'est magnifique. Les vitrines des magasins sont à couper le souffle, les animations sont tout simplement superbes et l'esprit de Noël me rend joyeuse. Pour moi, c'est une des plus belles périodes de l'année.

J'ai les mains encombrées de sacs. J'ai trouvé de la lingerie pour rendre dingue mon beau brun ténébreux. Je suis déjà excitée de porter un de ces ensembles et de voir sa réaction. Je jette un œil à mon téléphone. Il est 18 h. Il est tant que je rentre, il ne va pas tarder.

Je regarde le ciel qui vient de s'assombrir. Je ne me sens plus en sécurité tout d'un coup. Je me dépêche à traverser la route et marche péniblement sur le sol glissant. J'ai mis des chaussures à talons. Pas malin ! Mais je n'aime pas porter des baskets ou être à plat. J'ai l'impression d'être minuscule, surtout lorsque je suis à côté de mon amoureux. Il fait bien une tête de plus que moi.

Mes cheveux volent au vent. Mon visage est figé par ce froid intense. J'accélère le pas. Je ne suis plus très loin de ma destination. Je cherche mes clefs dans mon sac à main. En les trouvant, je les fais tomber à terre.

Quelle cruche !

Je les ramasse, mais en relevant la tête, mon corps se paralyse. Un nœud se loge dans le fond de ma gorge. Kristen avance vers moi, ses talons qui claquent sur le sol. Je sens son parfum floral qui navigue jusqu'à mes narines. Son rire narquois résonne à mes tympans. Qu'est-ce qu'elle fiche ici ?

De son long manteau noir, elle dégage une silhouette fine. Ses cheveux sont resplendissants. Forcément avec tout le fric qu'elle a, elle peut s'acheter les produits les plus luxueux sur terre. Elle semble sûre d'elle quand elle marche vers moi. Je n'ai qu'une envie, lui faire un croche-pied pour qu'elle se ratatine à terre. Elle m'observe en me regardant de haut en bas puis elle se met à ricaner comme une hyène folle. Quelle connasse ! Elle lève la main devant son visage et fait exprès de me montrer la magnifique bague qu'Evan lui avait offerte. Je bous de rage. Pourquoi la porte-t-elle encore ?

Je vais lui faire avaler !

— Dégage de mon chemin, je lui ordonne en passant devant elle.

Je la dévisage froidement. Toutefois, je savais qu'à l'instant où elle serait devant moi, elle ne partirait pas aussi vite. Elle m'attribue un doigt d'honneur et me pousse violemment. Mon dos heurte le mur en brique. Je lâche mes sacs et me rue sur elle. Je lui balance plein de grossièretés et lui flanque une gifle qui fait valser sa tête à l'arrière.

— Sale garce ! Tu vas payer pour tout ce que tu m'as fait, aboie-t-elle, sa main posée sur sa joue. Evan ne t'appartient pas !

Je hurle :

— Il ne t'aime plus ! Tu n'as vraiment pas l'air de comprendre ! Pauvre idiote !

Je pointe mon poing vers son visage, mais elle l'intercepte. Et tout d'un coup, quelqu'un me tire les cheveux. Je crie de douleur. C'est horrible. J'ai l'impression que cette personne va me les arracher. Kristen en profite pour me faire trébucher. Je me débats avec hargne en hurlant comme une malade, espérant que l'on vienne me secourir. Mais il n'y a personne.

Je reconnais mon second agresseur. Il s'agit de cette ordure d'Axel. Il semble apprécier ce spectacle épouvantable. Je lui lance un regard assassin et l'insulte de tous les noms. Mais ce con se fout carrément de ma gueule. Il ricane, les yeux pétillants, heureux de me faire souffrir.

— Tu vas crever, grogne Kristen en enfonçant son talon dans ma cuisse.

Elle sort un couteau de la poche de son manteau. Je pousse un énorme hurlement.

— Aileen !

Je sursaute et ouvre les paupières. Je suis secouée. Quelqu'un m'écrase.

— Aileen ! Réveille-toi !

Je vois qu'une ombre dans l'obscurité, mais l'odeur qui se diffuse vers moi est celle que je préfère le plus au monde. Sa voix n'est pas douce ni sensuelle. Elle est autoritaire et dure. Cependant, elle est celle qui me fait rêver, qui m'envoûte et qui m'apaise.

Une lumière m'éblouit. Evan vient d'allumer la lampe de chevet. Il semble inquiet. Je suis toujours terrorisée. Ce cauchemar me possède depuis une semaine. Impossible de m'en débarrasser. Miss blondasse me hante aussi bien le jour que la nuit. J'ai essayé de la chasser de mes pensées, mais c'est plus fort que moi, j'imagine ce qu'elle pourrait faire, à la vengeance qu'elle pourrait préparer. Elle me pourrit complètement la vie.

— Tu as encore fait un mauvais rêve. Viens.

Il me tend les bras. Je me love contre lui. Je tremble. Je suis sur le point de verser une larme, mais je me retiens. Tout ceci n'était qu'un songe. Un cauchemar horrible. Kristen et Axel ne sont pas ici.

— Je ne sais plus quoi faire pour que tu te sentes mieux, murmure Evan à mon oreille. Je n'aime pas me réveiller chaque nuit et te voir dans cet état-là.

Je sanglote :

— J'ai besoin simplement de ta présence.

— J'aimerais être avec toi 24 h/24 avec toi, mais tu sais que c'est impossible.

Depuis une semaine, il a énormément de boulot. Il a annulé les concerts à New York, mais pas celui de Los Angeles, ce qui fait qu'il occupe une partie de son temps à former le batteur des « Hot Boys ». J'ai passé sept jours à étudier. Malgré tout, ça ne m'a pas empêché de voir Kristen partout alors qu'elle n'était pas là.

— J'ai une idée. Tu pourrais peindre un portrait de nous. Qu'en penses-tu ?

Il me caresse la joue du bout des doigts. Un frisson m'envahit. Je le contemple et me perds dans les reflets marrons de ses yeux. Ils sont si doux.

— On l'accrocherait sur le mur juste en face du lit, continue-t-il de dire. J'ai envie que tu fasses ça.

Je hoche la tête pour confirmer et me retourne afin d'attraper le chef-d'œuvre qui est posé sur la table de chevet. Evan, qui chante en éjectant son micro en l'air. J'adore cette peinture.

— Tu as du talent, lance-t-il en prenant le tableau des mains.

Je souris timidement.

— Je te mets au défi de faire plein de jolis portraits de toi… de moi. Surtout de toi. L'appartement est triste sans décoration. Je veux te voir partout là où j'irai.

— Même dans les toilettes ?

— Même dans les toilettes, répète-t-il.

Je reprends le tableau et le pose sur la table de chevet. Je ricane dans son cou. J'en profite pour le chatouiller sous les bras. Il se tortille. Nos rires fusent dans la chambre. Je ne sais pas comment j'ai fait pour me retrouver au-dessus de lui. Ça a l'air vraiment de lui plaire. Ses pupilles se dilatent. Il admire ma poitrine en se léchant les lèvres lentement. Simplement à faire ça, mon sexe se met à pulser. Je ne porte qu'une culotte fine en dentelle rouge. Il me semble que je lui ai ouvert l'appétit et rien de tel pour faire oublier ce vilain cauchemar.

— Je préfère te voir souriante. Tu es si belle.

Il caresse ma joue du bout des doigts. J'effleure ma bouche contre la sienne. Ses lèvres remuent :

— Je t'aime.

Je frissonne et lui murmure la même chose.

— Laisse-moi te faire oublier ce vilain rêve.

Ces mots me donnent une décharge électrique dans le bas de mon ventre. Oublier, m'évader, m'emporter, m'aventurer. C'est la seule solution. Je me laisse bercer dans ses bras afin de chasser ce songe désastreux.

Chapitre 5
Under control
« Sous contrôle »
(The Strokes)

Evan

Lucas est enfin prêt à monter sur scène avec nous. Pendant un mois, nous avons répété avec acharnement. Je trouve qu'il s'en sort assez bien. Toutefois, j'ai hâte qu'Adam revienne dans notre groupe. Sa rééducation touche à sa fin. Il a fini par comprendre que j'avais besoin du batteur des « Hot boys » pour le remplacer, même si parfois il tire la gueule. Pour ne pas décevoir mes fans, j'ai annoncé deux nouvelles dates fin septembre pour les concerts annulés à New York.

Nous venons d'atterrir à Los Angeles, sous une pluie diluvienne. Nous entrons dans notre chambre d'hôtel. Je n'inspecte pas le lieu immédiatement. J'enlève mon cuir, mes baskets, mon jean et mon pull. Je suis trempé comme une serpillère. Aileen m'imite. Elle se retrouve en lingerie sexy et s'apprête à retirer son soutien-gorge noir. Son regard coquin me prouve qu'elle a une idée derrière la tête. Nom de Dieu ! Je ne vais pas pouvoir me contenter simplement à l'observer. Trop excitante ! Je lui décoche un immense sourire.

Elle me sourit à son tour et s'approche de moi, prête à ôter son soutien-gorge.

— Jouons, décrète-t-elle en humectant ses jolies lèvres roses.

— OK, je réponds du tac au tac.

— J'en ai trop envie.

Je durcis en entendant ces mots. Son haut tombe à terre. Putain de seins divins ! Je suis tenté de les titiller et de les lécher sans plus attendre. Son regard s'immobilise vers mon entrejambe. Je ne peux pas cacher mes émotions. J'ai terriblement envie d'elle. Nous n'avions pas fait l'amour depuis cinq jours. C'est un peu ma faute, je revenais tard le soir. Parfois, je la retrouvais dans notre lit, dormant à poings fermés. J'avais énormément de boulot et je ne lâchais rien tant que ce n'était pas fait comme je le voulais. On m'a souvent dit que mon côté perfectionniste rendait l'atmosphère tendue dans le groupe, mais tous les efforts fournis finissent par payer. Et je suis fier de tout ce que j'ai pu accomplir jusqu'à présent.

Son parfum sucré prend possession de mes sens. J'ai envie de la dévorer. Elle appuie sa poitrine contre la mienne, ses bras autour de ma nuque. Nos regards s'ancrent. Nous nous observons un petit moment sans prononcer un mot. Délicatement, elle vient déposer un baiser sur mes lèvres puis elle me lâche et me caresse le torse lentement du bout des doigts. C'est trop bon. J'en frissonne. Une de ses mains s'immisce sous mon boxer et d'un coup, elle se transforme en furie du sexe. Putain de bordel ! Elle se met à genoux et engloutit mon membre. Elle veut avoir le contrôle ce soir.

J'enfouis mes doigts dans ses cheveux pendant qu'elle me suce divinement. Elle me dévore en profondeur. Ses lèvres me mettent dans tous mes états. Je frémis en la voyant prendre mon sexe sur toute sa longueur. La tension s'élève à l'intérieur de moi. Comme ça pendant un moment et putain qu'est-ce qu'elle fait ça bien ! Je vais exploser. Mais je ne veux pas, je veux prendre mon temps.

La toucher et l'embrasser sur chaque parcelle de son corps. Je veux beaucoup plus.

— Sur le lit, petite pomme !

Elle s'arrête et s'exécute en souriant, mais lorsque je monte sur le lit qui me semble immense, garni d'un drap blanc et de nombreux coussins rouges, elle ne me laisse pas le temps de prendre mon souffle. Elle grimpe sur moi sauvagement et fait basculer tout mon corps sur le matelas.

— C'est moi qui domine, m'ordonne-t-elle, sa bouche frôlant la mienne.

— Pitié… ne me fais pas souffrir. Je veux te faire l'amour.

Elle pouffe de rire en faisant glisser son doigt le long de mon torse. Elle me chatouille et mon sexe devient dur comme fer.

— J'ai plusieurs revanches à prendre.

Elle frotte son nez contre le mien et l'embrasse.

— Tu n'es pas obligé de le faire aujourd'hui. On peut passer du côté romantique pour une fois.

Je remue les sourcils. Côté romantique… j'aime bien aussi de temps en temps.

— Je ne te reconnais pas. Où est ton côté joueur ?

— À la poubelle pour cette soirée. Allez, viens me faire un gros câlin.

Je tends les bras. Elle ricane de nouveau. OK, j'ai compris. Je vais avoir une diablesse devant moi. Son regard me le prouve.

Elle plonge ses mains dans mes cheveux, penche sa tête et épouse mes lèvres. Je l'embrasse comme un fou, faisant danser ma langue contre la sienne. Dans notre baiser, je caresse son joli petit fessier. Elle émet un râle. C'est si bon de l'entendre. Mes mains remontent à ses côtes. Elle a la peau si douce. J'ai tout le temps envie de la toucher. Elle est ma dose de bonheur et jamais je ne m'en lasserais.

— Retire cette barrière qui m'empêche d'entrer en toi, je lui décrète en jouant avec l'élastique de sa culotte.

Elle fait non de la tête. La garce ! Elle est bornée.

— Je n'ai pas fini de m'occuper de toi.

Elle attrape mon sexe et me branle en plongeant ses yeux malicieux dans les miens. La bouche entrouverte, je murmure son prénom. Je me laisse complètement aller. Ses va-et-vient sont rapides. Mes gémissements emplirent la chambre. Cependant, elle me connaît parfaitement pour arrêter au mauvais moment. Lorsqu'elle voit que je suis sous le point d'exploser, elle se lève, heureuse. Mais ça ne va pas se passer comme elle le pense. Je suis bien plus fort qu'elle à ce jeu.

Je l'empêche de partir en chopant son poignet, je la bascule sur le lit et grimpe sur ce corps de déesse. La voilà piégée. Elle a les joues toutes roses, la bouche gonflée de nos baisers enflammés et de sa succion sur mon sexe. Je n'ai qu'une envie là maintenant, c'est de la prendre fort et de la faire crier.

Je baisse sa culotte rapidement. Elle ne se débat pas. Je savais qu'elle céderait. Prêt à franchir les barrières du plaisir, mon cœur sursaute quand quelqu'un tambourine à la porte.

— Putain ! Merde ! Pas maintenant !

Je secoue la tête. Ce n'est pas ça qui va m'arrêter.

On frappe de nouveau. Je grogne et serre les dents.

— Qu'est-ce que vous faites ? Vous êtes en train de baiser ?

C'est Logan. Il se met à ricaner. Je m'écroule sur Aileen en gloussant, le visage enfoncé dans son cou. Quel con !

— Ils vont attendre, je susurre à son oreille. Je ne peux pas ouvrir dans cet état-là.

Je pose mes lèvres sur son épaule puis descends jusqu'à atteindre mes petits joujoux. Toutefois, elle parvient à se dégager de mon étreinte en me poussant de ses mains et ses pieds. Elle se lève. Je la vois courir vers la salle de bains. Elle rit tout en claquant la porte derrière elle. Je grogne de frustration. Putain de bordel !

Allongé sur le lit, je passe mes mains dans mes cheveux en fermant les paupières. Et merde ! J'ai perdu. Je n'ai plus le choix de me calmer, mais elle va le regretter. Ce soir, c'est moi qui prendrai les commandes et elle s'en souviendra un long moment.

***

Les verres défilent sous mes yeux et malheureusement, je crois que j'ai perdu Aileen ! Moi qui voulais la rendre complètement folle, je ne suis pas certain qu'elle gardera ce souvenir dans sa mémoire. Depuis une dizaine de minutes, je la contemple à se trémousser sur la piste de danse en compagnie d'Emma. Sur une putain de musique sensuelle qui fait bondir mon cœur. Et mon sexe ! Il n'y a pas grand monde dans le bar et heureusement pour moi. Elle attirerait tous les crevards autour d'elle. Je n'ai pas envie qu'on la reluque ou qu'on la drague devant ma gueule. Je pourrais péter un câble.

Elle jette un œil dans ma direction. Elle sourit. Putain ! Qu'est-ce qu'elle est sexy dans cette robe rouge moulante ! Je me retiens de la rejoindre et de plonger ma tête dans son délicieux décolleté. Et de glisser mes doigts dans le pays de mes rêves.

— J'ai trop les boules de ne pas pouvoir jouer demain, gronde Adam en attrapant son verre qui est posé sur la table face à nous. C'est vraiment la loose !

Je tourne le visage vers le sien. Il soupire, agacé et avale une gorgée de son whisky. Nous le regardons tous en prenant un air désolé. Effectivement, ce n'est pas de chance pour lui. Ça devait être son premier concert au sein du groupe.

— Ce n'est pas grave, Adam. Tu as déjà fait un bout de chemin sur la guérison. Tu n'y penseras plus dans deux semaines, je lui réponds en tapotant son épaule.

Il me gratifie d'un sourire forcé. Je sais que ça ne lui plaît pas, mais il n'a pas choix. Je ne veux en aucun cas qu'il prenne des risques.

— Ouais, mais ce n'est pas cool. Putain ! Qu'est-ce que ça me dégoûte ! J'aurais bien aimé retrouver ces crétins qui m'ont fait ça.

— Je crois que tu ne le sauras jamais, lâche Logan. Ça fait un mois que ça s'est passé. Depuis le temps, on l'aurait su.

— Ouais, c'est vrai, ajoute Alec. Tu ne sauras jamais rien.

Adam soupire. Il engloutit le reste de son whisky et se lève en ronchonnant :

— Des petites ordures… ils ont de la chance de ne pas être sur mon chemin.

Il rejoint Emma sur la piste en se dandinant derrière elle. Ma beauté me fait signe. Je vide mon verre de whisky, le pose sur la table en verre devant moi et sans hésiter, j'avance vers elle. Je plaque mon torse contre son dos et la serre contre moi. Un énorme frisson m'envahit. Et ma queue est en train de se réveiller simplement à être près d'elle. Elle penche la tête pour me regarder et appuie ses mains sur mes joues. Elle dépose un baiser rapide sur ma bouche. Ses lèvres ont un goût de rhum et d'orange.

— J'ai envie de m'amuser, mon petit sucre d'orge, dit-elle en battant des cils.

Ses pupilles brillent. Je confirme, elle est saoule.

— Plus tard. Je crois que l'on va rentrer.

Elle redresse la tête et se tourne, furieuse.

— Mais non ! hurle-t-elle. Je ne veux pas rentrer maintenant !

Les mains sur les hanches, elle fait mine de bouder. Son visage fulmine. J'ai envie d'exploser de rire, car elle est trop craquante.

Emma et Adam la regardent perplexes.

— Que se passe-t-il ? questionne Emma. Evan n'est pas gentil avec toi ?

Adam pouffe de rire.

— Non ! Il ne veut pas me rendre folle.

— Te rendre folle ? Répète Emma, un air interrogateur.

— Ouais… Je veux m'amuser à…

Je la fais taire en plaquant ma main sur sa bouche. Elle me mord. Quelle tigresse !

Je fronce les sourcils.

— Elle ne sait plus ce qu'elle dit. Trois verres et c'est la fête ! Aileen raconte n'importe quoi quand elle a un peu trop bu.

Oh ! Bordel ! Je crois que je l'ai énervée ! Elle me fait penser à un personnage de cartoons, prêt à bondir sur son ennemi. Elle a les narines fumantes et le visage rouge comme une tomate. Elle serre les poings. Je me moque d'elle en ricanant. Ce n'est pas bien. Elle va m'en vouloir.

— OK ! Si c'est comme ça, plus de jeux entre nous !

Elle me bouscule et avance à toute allure devant elle. Eh merde ! Elle est vraiment fâchée.

— De quoi parle-t-elle ? demande Adam, intrigué.

— Rien du tout.

Je me précipite à la rattraper. Elle vient de se réfugier dans les toilettes des dames. Peu importe où on est, je m'en fous. De toute façon, personne n'est ici. J'empoigne son bras et la retourne contre moi. Elle est toujours autant en colère, mais terriblement belle. Si c'est ce qu'elle veut, alors jouons !

Elle entrouvre la bouche pour dire quelque chose, mais je ne lui laisse pas le temps de le faire. J'écrase mes lèvres contre les siennes en la faisant reculer contre le lavabo. Dans la précipitation, je glisse ma main sous sa robe, abaisse sa culotte et introduis mon index dans sa petite fente. Putain ! Elle est déjà trempée !

— C'est ça que tu voulais, n'est-ce pas ?

Aucune réaction. Ses joues prennent une belle couleur rouge soudainement.

Je prends un ton un peu plus dur :

— Oui ou non, Aileen ? Demande-moi ce que tu veux ou je retire mon doigt.

Toujours aucune réponse. Je peux me montrer plus autoritaire s'il le faut. Elle a fait surgir mon démon intérieur. Bon, j'avoue que je ne suis pas très clean non plus. Le whisky est en train de circuler sauvagement dans mes veines.

— Tu veux que je te rende folle ?

Elle hoche la tête.

— Alors, supplie-moi !

Je ne la lâche pas du regard. J'ai l'impression d'être possédé. Je peux parfois être romantique, mais ce côté diable me fait bouillir. Je suis méga fan de notre jeu, même si c'est compliqué de se contrôler. L'adrénaline me submerge à chaque fois et c'est ça qui est bon.

— S'il te plaît, Evan, fais de moi ce que tu veux, se met-elle à dire d'une voix angélique.

Et toujours en battant des cils !

— Tes désirs sont des ordres, petite pomme. Je vais te rendre dingue.

Je capture sa bouche voracement, lèche ses lèvres, les aspire et les mordille. Elle se cambre lorsque je titille son clitoris. Pendant que sa langue s'enroule autour de la mienne, j'explore sa chatte plus profondément. Elle met vite fin à notre baiser pour nicher sa tête dans ma nuque afin d'étouffer ses gémissements. Je me concentre sur mes va-et-vient puis je lui bouffe le cou. J'aspire sa peau pour lui laisser une marque, ainsi demain, quand elle se réveillera, elle aura une preuve que nous nous sommes déchaînés.

Son corps est en feu. Sa respiration se fait haletante. Je grogne en lui procurant un tel plaisir. Je sens son intimité qui se contracte. Elle va jouir, mais c'est interdit. Pas dans cette dimension. C'est le jeu. Un dernier mouvement de doigt et je m'arrête. Ses yeux brillent. Elle pince les lèvres pour éviter de me balancer sûrement un juron. Je m'écarte d'elle et ricane. Et je crois qu'elle va péter un câble ! J'ai un petit monstre sexy devant moi. Je ne sais pas si je vais tenir longtemps sans rien avoir en retour. Je bande dur.

Tout d'un coup, la porte s'ouvre. Je me retourne brusquement, le cœur battant comme un fou dans ma poitrine. C'est Emma qui a le regard rivé sur Aileen. On dirait que ses yeux vont sortir de leur orbite. Putain ! Merde ! Elle n'a pas pris le temps de baisser sa robe. Toute pantelante, Aileen ne réagit pas. Elle est encore plongée dans notre dimension. Emma émet un cri et sort précipitamment des toilettes. Je descends la robe de ma princesse et l'attire contre moi. Toutefois, elle me repousse violemment et me flanque une gifle. Putain de bordel ! Je ne m'y attendais pas à celle-là ! Que diable lui arrive-t-il ? Elle me lance un regard meurtrier et hurle :

— Ça t'apprendra à me laisser dans cet état-là. Tu n'es vraiment pas drôle !

— Je te signale que c'est le jeu ! J'ai exaucé tes demandes.

Elle serre la mâchoire. Je ne sais pas ce qu'elle va faire. Elle est carrément bourrée. Elle a du mal à tenir sur ses jambes.

— On rentre, lui ordonné-je en attrapant sa main.

— Même pas en rêve ! Tu vas me faire l'amour maintenant. Ici !

Oh ! Putain ! Ouais… L'endroit n'est pas top, mais je n'ai pas le temps de dire un mot. Elle me pousse dans une cabine de toilette et ferme la porte à coup de talons. Sans hésitation, elle déboutonne mon jean et empoigne mon sexe qui est au garde-à-vous. Au moment où elle le dirige vers sa chatte, je baisse les yeux au sol. Putain ! Merde ! On n'est pas seuls. Je vois des escarpins rouges à côté. Tant pis. Je ne peux plus rien faire, Aileen, la tigresse est au taquet. Son corps s'est réveillé brusquement. Je la laisse poursuivre, après tout, on a qu'une vie. Autant se faire plaisir.

Chapitre 6
Tourist
(Julian Casablancas)

Aileen

Je cligne plusieurs fois des paupières. Oh ! Mon Dieu ! J'ai horriblement mal au crâne. Je grogne en tournant la tête. Mon visage se retrouve face à celui d'Evan, souriant. Ses magnifiques yeux marron dorés me fixent. Même au réveil, les cheveux en bataille, il est beau.

En revanche, je ne suis pas certaine de dégager le même charme que lui !

Il pose délicatement ses lèvres douces sur les miennes et m'enveloppe dans ses bras. Il hume mon cou. Je me repasse mentalement la soirée d'hier. Quelques coups de folie avec mon apollon et trois ou quatre cocktails. Qu'est-ce que j'ai bien pu faire ? J'ai le ventre qui gargouille et des courbatures dans les jambes. Je ne pense pas que j'ai assisté à une séance de gymnastique. Ou alors c'était de la gymnastique acrobatique sexuelle. Dommage que je ne m'en souvienne pas.

Evan se détache de moi et se redresse, le dos appuyé contre la tête du lit. Je l'imite et admire le décor face à moi. La lumière du jour filtre à travers les rideaux bleus. La tapisserie représente des losanges gris sur un fond blanc et une gigantesque télé est accrochée devant mes yeux.

— Comment vas-tu, ma petite pomme ?

Evan embrasse mon épaule et attrape la télécommande qui est posée sur la table de chevet près de lui.

— Bizarre, déclaré-je en me massant les tempes.

La nausée me prend. J'inspire et expire lentement plusieurs fois de suite. Evan allume la télé et se met à zapper en s'arrêtant sur une chaine musicale. *Sunday Morning* des Velvet Underground retentit dans la chambre. Je grimace. J'ai l'impression que ma tête va exploser. Le son n'est pas fort, mais suffisant pour me donner plus mal au crâne.

— J'ai bien peur que la journée te semble difficile. Tu devrais dormir encore un peu. On a le temps.

Je tourne la tête vers la sienne.

— J'ai fait des bêtises hier soir ?

Il rit.

Et merde ! Je vais finir par entrer dans le livre des records si ça continue !

Je le dévisage, attendant sa réponse, mais il ne dit rien. Ma poitrine à l'air de lui faire de l'œil. Furieuse, je remonte la couverture blanche sur moi et soupire un grand coup.

— C'était chouette… hormis la gifle que tu m'as donnée.

— Une gifle ?

Je contemple sa joue. Il n'a aucune marque. C'est qu'elle ne devait pas être si violente. Mais c'est impossible ! Je n'aurais jamais fait une chose pareille ! Ce n'était pas moi. Il se trompe.

— C'est la vérité. Tu étais furax parce que je t'ai empêché de jouir. Tu m'as frappé et tu m'as sauté dessus en nous enfermant dans les toilettes. C'était terriblement chaud. Putain ! Rien qu'à y penser, j'ai envie que tu recommences.

Il joue des sourcils. Des toilettes ! Non, mais ça ne va plus du tout moi !

— Mais pourquoi je ne me souviens de rien ?

— Je te l'ai déjà dit, Aileen, contente-toi de boire un seul verre. Tu ne tiens pas l'alcool.

— Alors, pourquoi ne m'en as-tu pas empêché ?

Je frappe de mes petites mains sur son torse. Il me serre les poignets en fronçant les sourcils.

— Tu avais l'air de bien t'amuser avec Emma et les cocktails arrivaient sur la table sans que je m'en rende compte. Et j'avoue que tu m'excites quand tu es bourrée. Tu es une diablesse sexy.

Mes joues deviennent chaudes. Il me libère les poignets et j'en profite pour glisser dans le lit en lui tournant le dos. Je crois que j'ai encore besoin de sommeil.

Un énorme soupir m'échappe. Je ferme les yeux. Je sens la chaleur de son corps contre le mien. Il écarte mes cheveux derrière mon cou et l'embrasse.

Il susurre d'un timbre doux à mon oreille :

— En revanche, toi… tu as les preuves de notre amour torride marqué sur ta peau.

Machinalement, je porte ma main à ma nuque. Son rire me secoue. Une chaleur caniculaire m'envahit. Je me maudis de ne pas me souvenir de cette soirée. Ne plus jamais boire d'alcool ! Ça ne me réussit vraiment pas.

Promis ! Je tiendrais ma promesse que j'avais faite il y a quelque mois.

***

Il m'a laissé dormir jusque 15 h. Je sais que j'avais besoin de sommeil, mais quand même ! J'ai boudé. Toutefois, ça n'a pas duré longtemps. Je déteste me fâcher avec lui. Surtout pour des broutilles.

J'essaie de cacher les marques rosées dans ma nuque avec un fond de teint. Sans succès. Evan est un vilain vampire. Je laisse tomber. Ça ne sert à rien de toute façon, ça se verra quand même. Je ferme ma trousse à maquillage et sors de la salle de bains. Il est allongé sur le lit, son téléphone en main et l'autre dans ses cheveux. Jean noir troué, chemise blanche ouverte de moitié et des baskets jaunes fluorescentes. Ses doigts sont ornés de bagues argentées et un collier fin tressé noir décore son cou. Un côté un peu rockeur avec un mélange d'un homme d'affaires. Charmant !

Je me pointe devant lui. Il range son téléphone dans la poche de son jean et se lève. Il me dévore du regard. Son sourire en coin me fait fondre, comme à chaque fois. Et son corps sexy me désarme.

— Ça va être difficile de me concentrer sur scène, dit-il en me ramenant à lui. Tu es trop canon dans cette jolie robe noire.

Il passe sa langue sur sa lèvre inférieure. Mon désir s'intensifie.

Terrible tentation !

Il respire mes cheveux avant de poser ses lèvres sur les miennes. Son baiser m'enflamme quand sa langue va à l'encontre de la mienne. Je me perds, je ne vois plus rien autour de moi sauf des étoiles qui scintillent parce que mon imagination est encombrée d'amour. Il me berce dans un acte sensuel aphrodisiaque. Le meilleur des mondes.

— Partons d'ici au plus vite avant que je t'enlève cette robe.

Ses mots font sursauter mon cœur. De ses longs doigts fins, il me caresse la joue. Le bonheur flamboie dans ses pupilles. Et d'un coup, je ne sais pas ce qui me prend, mais je lui lance :

— J'ai envie que tu m'enlèves ma robe, avoué-je en battant des cils. Maintenant !

— Ne me cherche pas. Tu sais que je ne saurais pas te résister.

— Je n'ai pas envie que tu me résistes.

Il pince ses lèvres puis s'exclame :

— Putain, Aileen, tu exagères. Tu l'auras voulu.

Je pousse un petit cri lorsqu'il passe sa main sous mes genoux et me porte. Je me retrouve sur le lit, son corps recouvrant le mien. Je n'ai pas besoin de deviner la suite des événements. À travers son jean moulant, je sens une bosse qui s'est formée. Il a un regard de braise. Je fonds.

Complètement irrésistible mon beau brun.

— Tu joues avec le feu. Tu me tentes trop ! Je vais la retirer cette robe, mais tu devras expliquer notre retard à nos amis.

Des frissons me parcourent l'échine.

Je glisse ma main sous sa chemise et lui caresse le torse.

— Quinze minutes, le temps que je te consacre te convient ?

— Oh ! Arrête de parler ! Fais-moi l'amour maintenant.

— J'ai l'impression que tu deviens très accro au sexe, mais c'est vrai que je ne fais rien pour arranger les choses. Les clients de cet hôtel vont t'entendre crier. Il ne fallait pas me chercher.

Je jubile et lorsque sa bouche s'empare de la mienne voracement, je m'évade dans mon océan rose. Ses baisers me donnent le tournis. L'urgence me semble imminente. Nos amis attendront un peu. J'ai besoin de ma dose d'adrénaline.

***

Nous sommes arrivés à la salle avec une heure de retard. Il s'agit d'un théâtre. L'intérieur est splendide. Dès que l'on franchit la porte d'entrée, nous sommes subjugués par un design contenant des carreaux décoratifs et de peintures murales. C'est très joli.

Evan a répété quelques chansons et a vérifié comme à chaque fois si tout était parfait. Nous avons mangé des pizzas et avons passé un long moment dans les backstage. Par chance, cette fois-ci, je n'étais pas seule. J'ai papoté avec Emma une bonne partie de la soirée de tout et de rien. Je suis tellement contente qu'elle file le parfait amour avec Adam. Depuis le temps qu'il lui tournait autour ! C'est évident qu'ils sont faits l'un pour l'autre.

Je n'ai pas évoqué la raison de notre retard. De toute façon, nos amis ont compris. Pas la peine de leur faire un dessin. Emma a regardé sans cesse mon cou sans me poser de questions. J'ai pris des photos de la salle et j'ai appelé mon père afin de lui donner de mes nouvelles. Il se soucie toujours de moi, mais j'essaie de le rassurer le plus possible.

Les Hot boys viennent de terminer la première partie du concert. Je crois que Logan a fait fondre plus d'une fille. J'adore sa voix puissante et grave qui parfois peut être douce. Au début, j'ai eu un peu peur, car il n'a pas arrêté de s'enfiler des bières dans les backstage. Il avait l'air de planer complètement. Il n'était pas le seul. Pratiquement tous les musiciens étaient sous l'emprise de l'alcool, mais à croire que ça leur donne du courage. Je n'ai entendu aucune erreur.

Emma hurle comme une folle à mes côtés. Adam applaudit. Il ne dit rien, mais je le connais mieux que n'importe qui et je sais qu'il est blasé. Son premier concert ! Il le passe face à la scène. Je comprends qu'il soit déçu.

La salle bat son plein. Les fans sont hystériques. Ils crient et sifflent après les Black Devils. Le groupe sort des backstage. Evan me repère et m'offre un baiser passionné. Des flashs d'appareil photo viennent perturber notre moment de bonheur. Il me susurre un « je t'aime » avant de monter sur scène. Je sautille sur place comme une gamine.

Il glisse ses lunettes rondes sur son visage et se met à parler dans son micro en remerciant son public d'être là. Ethan frappe sur sa batterie et les autres musiciens suivent. Je me déhanche sur sa voix sexy. Emma m'imite. En revanche, Adam fait toujours la tête. Je lui donne un coup de coude en lui souriant.

— Ton tour viendra, dis-je en lui décochant un clin d'œil.

— Tu parles ! Je suis écœuré.

— Oh ! Allez ! Viens ! Éclate-toi ! Ne fais pas la gueule toute la soirée.

Il soupire en levant les yeux en l'air et m'ébouriffe les cheveux.

— Arrête, tu vas me décoiffer ! Petit con !

— C'est le but, répond-il en me faisant une grimace.

Il est chiant, mais je ne peux pas nier que je l'adore. Je le fusille du regard puis lui tire la langue. Finalement, il entre dans l'ambiance et se trémousse contre le corps d'Emma.

Je me déhanche sur la voix de mon beau brun. Je ne vois que lui. Il est trop canon. Son timbre m'ensorcelle et lorsqu'il me décoche des sourires, je plane complètement. Il a tellement de charisme. Son côté Bad boy fait fondre toutes les filles. Une part de jalousie s'installe en moi, mais j'arrive à retenir mes émotions, car je sais que notre amour est puissant.

Le concert touche à sa fin une heure trente plus tard. Emma me murmure à l'oreille :

— J'ai trop envie de faire pipi. Tu m'accompagnes ?

— OK. Adam dit à Evan que nous sommes aux toilettes, lui dis-je en prenant la main d'Emma.

Il acquiesce et se dirige vers les backstage.

Nous nous frayons un passage dans cette foule monstrueuse. Je pousse un énorme soupir en voyant la longue file dans les toilettes des dames. Je jette un œil à ceux des hommes. Personne ! J'attrape le bras d'Emma et l'entraine dans cet espace. Elle secoue la tête, les joues roses.

— Mais je ne vais pas faire pipi chez les mecs ! Tu es folle !

— Je n'ai pas envie de perdre mon temps ici. Dépêche-toi ! Il n'y a personne. Je surveille.

Elle lève les yeux en l'air.

— OK, c'est vraiment bizarre comme idée, mais j'approuve. Je ne tiens plus.

Ce n'est pas la première fois que je m'aventure dans les toilettes du sexe opposé. Je déteste attendre.

Je m'inspecte dans le miroir et détache mon chignon pendant qu'Emma fait son petit pipi. Ma coiffure ne ressemble plus à rien, plusieurs mèches se sont échappées. J'ébouriffe mes cheveux et quand je me retourne, mon cœur se met à battre fort. Très fort. Kristen et Axel sont devant moi et me reluquent en prenant un air narquois. Je dois rêver. Je me pince la main. Aïe ! Non ! Je ne rêve pas. Qu'est-ce qu'ils fichent ici ? Axel a attaché ses cheveux bruns ondulés. Il est habillé tout en noir et il a les yeux défoncés. Je savais qu'il ne fumait pas que des cigarettes ordinaires. Quant à miss blondasse, elle a toujours les accessoires assortis à sa tenue de pétasse. Une robe rouge moulante qui lui arrive à ras des fesses, des escarpins à hauts talons et un sac luxueux. Tout en rouge. Son parfum floral qui navigue jusqu'à mes narines me donne envie de vomir.

Je crie en reculant :

— Que faites-vous ici ? Dégagez !

Mon dos cogne contre un lavabo. Emma sort des toilettes. Ses yeux font la navette entre ces deux personnages et moi.

— Fichez le camp d'ici, aboie Emma en leur faisant face. Vous n'avez pas le droit d'être ici.

Kristen avance dangereusement vers Emma en lui lançant son regard de vipère :

— Tu crois peut-être que tu me fais peur ? Nous avons le droit d'aller où l'on veut. Rien ne nous l'interdit.

Mon cœur s'agite. Axel me fait penser à Rumplestiltskin dans *Once upon a time*. Ténébreux et effrayant. Ses pupilles se noircissent.

— Je vais appeler la sécurité, crie mon amie. Vous avez assez pourri la vie d'Aileen comme ça !

— Pas besoin, je vais m'occuper d'eux, intervient Evan.

Sa mâchoire se serre et son poing est prêt à affronter le visage d'Axel. Cependant, Logan arrive à son tour et baisse le bras d'Evan pour l'empêcher de se battre.

— Laisse-les partir, Evan ! Tu vas t'attirer des ennuis.

— Je n'en ai rien à foutre ! hurle-t-il. C'est eux qui vont s'attirer des ennuis ! Ils n'ont rien à foutre ici. S'ils sont là, c'est qu'ils manigancent quelque chose.

Il tourne le visage vers ces deux monstres :

— Qu'est-ce que vous voulez ?

Je ne reconnais plus mon amoureux. La haine a pris possession de son corps. Il chope le col du cuir d'Axel et plante ses yeux assassins dans les siens.

Autour de nous, une foule de personnes s'est formée. Certains prennent des photos, d'autres se contentent de sortir leur téléphone pour sûrement diffuser les circonstances sur les réseaux sociaux. J'aperçois Adam. Je rive mon regard sur Kristen et Axel pour lui montrer qu'on n'est pas seuls. Il fait demi-tour sur-le-champ.

Evan pousse Axel qui tombe au sol.

— Parle crétin ! Pourquoi es-tu ici ?

Il le massacre de coup de pied dans les jambes. Oh ! Mon Dieu ! Il ne s'arrête plus. Il s'acharne sur lui. Derrière eux, c'est l'euphorie. Je panique. Tout mon corps se met à trembler. Kristen s'élance vers moi, mais Emma s'interpose et lui colle une gifle. Un vrai film d'action qui défile sous mes yeux.

Axel se lève et émet un coup de poing dans le visage d'Evan. Je ne peux pas rester comme ça sans rien faire ! Mon amie est en train de se battre avec mon ennemie et Evan a la bouche qui saigne. Des gouttes de sang d'un rouge vif dégoulinent sur son menton.

Prise d'une colère monstrueuse, je m'élance sur miss blondasse et lui tire sa tignasse. Elle braille en m'insultant. J'ai une poignée de cheveux dans les mains.

Bien fait !

Trois hommes de la sécurité interviennent et rugissent dans l'enceinte des toilettes. Deux policiers entrent à leur tour. L'un d'entre eux me sépare de mon ennemie. Je serre les dents. Kristen m'imite. Nos regards se font meurtrier.

— Dégagez, hurle un policier au troupeau de fans qui sont autour de nous. Et vous (il se tourne vers nous), cessez votre cirque !

Je cours vers Evan. Il m'enveloppe dans ses bras et niche son visage dans mon cou. Son cœur bat incroyablement vite. Le mien également. Il lève la tête. Je contemple sa mâchoire. Sa lèvre est fendue. J'essuie le sang qui s'en échappe avec mon pouce. Il repousse mes cheveux qui sont tombés sur mon front et en prenant un air très inquiet, il me dit :

— Je suis vraiment désolé. J'avais promis de te protéger et encore une fois, je n'étais pas avec toi. Ça ne peut plus durer, Aileen. Il faut que ça cesse.

À cet instant, j'ai l'impression qu'il me fait comprendre que notre romance doit s'arrêter. Les larmes me brouillent la vue. Je ne peux pas vivre sans lui. Non ! Je ne veux pas ! Mes jambes flageolent. Ma tête tourne. Je vois trouble. Tout bouge bizarrement devant mes yeux. La police dégage les gens du lieu. Je n'entends plus rien. Il fait noir.

Chapitre 7
All the time
« Tout le temps »
(The Strokes)

Evan

Le concert était au top, mais le reste s'est avéré catastrophique. Une bagarre a éclaté, Aileen a fait un léger malaise, qui a duré à peine trente secondes, assez pour me faire peur et têtue comme elle est, elle n'a jamais voulu se rendre à l'hôpital. Le pire dans tout ça c'est qu'elle croyait que j'allais la quitter. Comment a-t-elle pu imaginer une chose pareille ? J'avais juste l'idée de la protéger en embauchant un garde du corps. Refus catégorique. Je n'ai pas trop insisté, mais je garde cette option en tête. Je ne peux pas toujours être présent à ses côtés et savoir qu'elle peut être en danger me met les nerfs à vif.

Notre soirée s'est finie au commissariat. Ces crétins sont venus comme par hasard à Los Angeles. On va y croire ! Quel plan manigance-t-il ? Pourquoi être venus à un de mes concerts ? Les policiers ont rappelé à Kristen qu'elle avait l'interdiction de s'approcher d'Aileen. Elle a intérêt de respecter cette décision, où la prochaine fois, je porterai plainte. Nous sommes ensuite retournés à l'hôtel. Aileen a pris soin de moi en désinfectant la plaie au bord de mes lèvres et je l'ai rassurée du mieux que possible qu'elle ne sera plus en danger. Mais j'ai peur d'avoir tort. Il faut absolument qu'elle me fasse confiance et qu'elle m'autorise à la protéger un maximum. La nuit a été difficile. Elle n'a pas arrêté de remuer et de se réveiller. Nous avons pris l'avion très tôt ce matin et nous sommes arrivés, il y a peine une heure.

Elle est assise sur le canapé à lire son article. Elle a encore fait un travail extraordinaire. Elle a rattrapé les photos désastreuses de notre bagarre qui se sont diffusées partout sur les réseaux sociaux. Les commentaires n'étaient pas très plaisants, mais comme à chaque fois, je ne m'en occupe pas. Je fais attention tout de même que cela ne nuit pas à ma carrière, mais souvent ce sont des balivernes peu probables.

Je sors un plaid du placard et viens m'asseoir près d'elle. Elle ne va pas être contente de l'idée qui me traverse la tête. Je ferme son ordinateur et le pose sur la table basse. Effectivement, elle fronce les sourcils.

— Je n'ai pas fini de me relire !

— On s'en fiche. C'est parfait, Aileen. Viens te blottir contre moi, j'ai besoin d'un câlin.

Elle soupire.

OK, très bien. Si c'est ce qu'elle veut… Je récupère son ordinateur et le pose sur ses genoux. Je me lève.

— Qu'est-ce que tu fais ? demande-t-elle en courant derrière moi.

— Je vais regarder la télé dans la chambre. Fais ce que tu dois faire.

— Mais non ! Tu restes avec moi !

Elle attrape ma main et me tire jusqu'au salon. Je n'émets aucune résistance. J'ai dit ça simplement pour la provoquer. Je ris intérieurement, car ma tactique a fonctionné.

Elle me pousse sur le canapé et se place à califourchon sur mes genoux. Ses lèvres s'écrasent sur les miennes sans plus attendre. Elle entrouvre la bouche en faisant danser sa langue férocement contre la mienne. Elle me donne chaud juste à faire ça. Mon sexe se dresse déjà. Putain !

Son regard plonge dans le mien. Elle est en colère. Enfin, elle essaie de l'être.

— Tu restes !

Je ricane.

— Et arrête de te moquer de moi.

Elle me frappe le bras. Sauvage !

— Mais je ne me moque pas de toi ! Je veux simplement que tu lâches ton ordinateur et que tu te reposes. Ou pas... comme tu veux. Je suis toujours partant pour un câlin coquin.

Je souris en jouant des sourcils. Elle secoue la tête. Je la soulève pour l'allonger sur le canapé. Je l'emprisonne de mon corps et admire son délicieux décolleté. Elle a mis une nuisette rouge. C'est la première fois que je la vois porter un truc pareil. Je préfère la voir sans rien, elle est beaucoup plus appétissante.

— Laisse-moi finir de lire cet article. Ensuite, je serai à toi. J'ai l'impression qu'il y a quelques fautes et tu sais que je déteste ça.

Elle bat des cils. C'est donc comme ça qu'elle veut m'amadouer ! Quoi qu'elle fasse, elle est magnifique. J'ai toujours rêvé de rencontrer une fille de son genre, avec autant de douceur, de tendresse et un grain de folie pour pigmenter nos ébats.

— S'il te plaît, insiste-t-elle en m'offrant un regard suppliant.

Je soupire et obtempère.

Je me demande lequel de nous deux est le plus perfectionniste. Elle aime que tout soit parfait et je la comprends. Quand j'admire ses œuvres d'art, je ne vois aucun défaut et pourtant, elle n'arrête pas d'y retoucher. Je les trouve superbes. Pour l'instant, elle a accroché une peinture dans notre chambre qui me représente en train de chanter et un autre dans les toilettes. Un tableau d'une pomme d'amour sur un fond noir. Aileen me suit partout. J'adore cette idée.

Elle me décoche un merveilleux sourire. Ses dents blanches bien alignées brillent comme des diamants. Elle me fait fondre. Et j'avoue que ce soir, je n'ai pas spécialement envie de jouer. J'avais simplement l'intention de me caler avec elle sur ce canapé en regardant un film. Bon, OK ! Voir un peu plus…

Un baiser sur le haut de sa poitrine et je la libère. Elle rit en reprenant son ordinateur.

— Tu as de la chance que je t'aime ! Dépêche-toi. J'ai froid.

Elle jette le plaid sur moi et se cache en ricanant derrière son écran.

Quelle effrontée !

— Cinq petites minutes et je suis à toi.

Je lui offre un sourire en coin et allume la télévision. Je cherche un film qui pourrait nous intéresser. Quand j'ai découvert sa chambre d'adolescente chez son père le jour de Noël, j'ai vu qu'elle avait une collection de DVD des films de Tim Burton. Dumbo, pourquoi pas ! La bande-annonce a l'air pas mal.

Cinq minutes plus tard, elle éteint son ordinateur comme convenu. Elle pointe son regard devant l'écran de la télévision.

— Oh ! J'adore ce film-là ! Il est émouvant. Fais-moi une place.

Je m'allonge sur le canapé. Elle se blottit contre moi, son dos appuyé contre mon torse. Je passe ma main dans ses cheveux et l'embrasse sur la tempe.

— J'aime bien être dans tes bras. Je me sens en sécurité.

— Si je pouvais te protéger 24/24 h, je le ferai.

— Je sais, répond-elle d'un timbre mélancolique.

— J'ai une solution pour ça.

Elle secoue la tête et se tourne pour me regarder. Je caresse son visage. Nous demeurons ainsi sans rien nous dire pendant un petit moment. J'aimerais tellement la faire changer d'avis. Ça me perturbe de la savoir en danger. On est à l'abri de rien.

— Pourquoi ? Pourquoi ne veux-tu pas ? Comment veux-tu que je sois tranquille quand je pars et que je te laisse seule ?

Elle ferme quelques secondes les paupières et quand elle les rouvre, son regard est empli de tristesse.

— Je n'ai pas envie qu'on me surveille dans les moindres faits et gestes, Evan. J'aurais l'impression de ne pas vivre comme je le souhaite.

Pourtant, elle savait dès le début que ça serait différent d'un couple normal. Quand je dis « normal », cela veut dire, sans journalistes qui essaient de dénicher des infos à notre sujet. A-t-elle réellement conscience que la vie de star est loin d'être un conte de fées ?

— Je t'aime, Aileen. Je prie pour que cela ne se produise pas, mais si quelque chose t'arrivait je ne me le pardonnerais jamais. Pour moi, c'est la meilleure solution. Je tiens tellement à toi.

— Arrête ! Tu vas me faire pleurer.

Elle enroule ses bras autour de mon cou et pose ses lèvres sur les miennes.

— Alors, je veux que tu y réfléchisses. OK ?

Elle hoche la tête.

— Mais sache une chose… je serai tout le temps là pour toi. Quoiqu'il arrive, appelle-moi. Garde bien ton téléphone sur toi. Je te protégerai au maximum.

— On dirait mon père.

— Parce que nous t'aimons, Aileen.

Elle sourit.

— Merci, Evan. Tu es tellement adorable.

Je lui dégaine mon sourire en coin.

— Ouais… c'est mon côté ange qui prend soin de toi.

— J'aime bien aussi ton côté démon.

— Pourquoi me dis-tu ça ? Tu veux jouer ?

Pas besoin qu'elle me réponde. Je sais ce que veut dire ce petit regard espiègle. Depuis plus de cinq mois, j'ai appris à connaître par cœur les expressions de son visage.

— J'ai envie de prendre soin de toi ce soir. Profite de ce moment romantique.

Je joue des sourcils. Elle éclate de rire.

Elle m'embrasse passionnément. Dès le début, j'ai ressenti le feeling parfait. Aileen est la femme de mes rêves et surtout mon bonheur au quotidien. Nous voilà partis de nouveau à flotter dans les brumes du plaisir. Notre paradis.

***

Je me réveille en plein milieu de la nuit par des halètements. La chambre est plongée dans la pénombre, mais je vois l'ombre de ma petite pomme qui remue sous les draps. Je me redresse et la découvre en train de se débattre, une voix chargée qui exprime la colère. Un nouveau cauchemar.

— Aileen, murmuré-je. Réveille-toi.

Elle me flanque une gifle en hurlant une grossièreté. Merde ! Je la secoue vivement. Son corps s'immobilise. Sa poitrine se soulève de sa respiration haletante. Je déteste la voir comme ça. Mon cœur se serre.

— Aileen ! C'est moi ! Tu as fait un cauchemar !

J'allume la lampe de chevet et m'agenouille entre ses jambes. Ses yeux s'ouvrent difficilement.

— Que se passe-t-il ? demande-t-elle la voix qui tremble.

— Un vilain rêve, ma chérie.

Je la serre contre moi. Putain ! Elle est trempée de sueur.

— Je suis là pour toi. Tout le temps, Aileen. C'était un cauchemar… un cauchemar, je répète tout bas.

Elle hoche la tête, les larmes au bord des yeux. Quand elle est dans cet état, mon cœur saigne. J'ai l'impression que tout ceci est ma faute.

— Ça semblait si vrai. Kristen était dans le salon et elle s'était munie d'un couteau pour me tuer.

— Kristen n'est pas là.

Elle sanglote. J'essuie la larme qui s'échoue sur sa joue.

— Je ne saurais plus me rendormir. J'ai peur.

— Moi non plus. Je vais prendre soin de toi.

Elle fronce les sourcils en contemplant mon visage.

— Pourquoi as-tu une marque rouge sur ta joue ?

Elle passe sa main dessus en émettant un petit « Oh ».

— Ne dis pas que c'est moi qui t'ai fait ça ? Tu as des traces de doigts.

— Ce n'est pas grave, Aileen. Tu étais encore dans tes songes quand…

Elle me coupe, le regard inquiet :

— Je suis désolée. Je ne voulais pas te gifler. Je…

J'appuie mon index sur sa bouche pour la faire taire et murmure un « chut ».

Délicatement, je plaque mes lèvres sur les siennes et fais courir ma langue dans sa bouche. L'odeur de son parfum m'envahit. C'est une drogue aphrodisiaque. Je sais que lorsqu'elle se parfume, elle prend soin d'en mettre dans ses cheveux pour garder l'effluve sur elle.

Je mets fin à notre baiser et jette un coup d'œil au réveil. Il est 3 h 30.

— Je vais te faire couler un bain. Je crois que tu as besoin de ça, n'est-ce pas ?

Elle mentionne un petit oui. Je dois absolument lui montrer que je suis là pour elle. Parfois, je me dis que si on ne s'était pas rencontrés, elle ne serait pas dans cet état. Je ne veux que son bonheur. Elle le mérite tellement après toute son enfance passée dans la tristesse. Je ne pensais pas que Kristen aurait foutu autant le bordel dans nos vies. Elle n'était pas comme ça quand je l'ai connue. À moins que ce soit moi qui ne voyais pas clair parce que j'étais amoureux d'elle. Maintenant que mes sentiments ont changé, je vois la réalité. Jamais elle n'aurait dû s'approcher de ma petite pomme et la menacer. La femme avec qui je devais me marier est celle que je déteste le plus au monde. C'est tellement fou.

Je la chasse de mes pensées et me lève. Je lui tends la main et l'emmène dans la salle de bains. J'allume, fais couler l'eau dans la baignoire en angle en y ajoutant du savon. L'odeur de pomme d'amour embaume la pièce. Je retire mon boxer et entre dans cet espace relaxant. Elle me rejoint en collant son dos contre mon torse.

Tout en massant ses épaules, je fredonne :

— *All the time, I'll be with you. All the time, I will protect you.*

Elle rejette la tête en arrière pour plonger ses yeux dans les miens. Elle sourit.

— Tu es ma muse. J'ai une idée de chanson pour mon prochain album. Elle sera pour toi.

— Tu me la chanteras en français ? J'adore cette langue.

— Je sais. Je t'en fais la promesse. Elle s'appellera « Tout le temps avec toi ». Tu aimes ?

Elle hoche la tête, se retourne, enroule ses bras autour de ma nuque et presse ses lèvres contre mon cou. Coup de frisson.

— Je t'aime, Evan. Je t'aime trop.

J'ouvre la bouche pour lui répondre, mais elle m'embrasse. J'en profite pour poser mes mains sur ses seins. C'était trop tentant. Je les aime. Je les pétris doucement. Mais je savais qu'en faisant ça, je rechercherais plus qu'un moment de tendresse. Mon sexe devient dur. J'ai incroyablement envie d'elle.

Quand elle relève la tête, ses yeux expriment un désir inouï. Elle glisse sa main entre mes cuisses et se saisit de mon membre en m'offrant un petit sourire charmeur. Putain ! Je ne pensais pas à ça, mais c'est comme elle veut. Nous sommes toujours sur la même longueur d'onde. C'est ça que j'aime chez elle. On se comprend si bien.

— J'ai envie de toi, Evan. Fais-moi l'amour dans cette baignoire.

— Bonne idée, ricané-je.

Mon corps devient brûlant. Je continue de palper ses seins. Elle se met à fermer les yeux. Putain ! Qu'est-ce qu'elle est canon ! De ma vie, je n'ai jamais été aussi amoureux d'une fille. Ma petite perle, mon trésor. Personne ne me le prendra. Elle est à moi. Pour toujours.

Chapitre 8
Dare I care
«J'y tiens»
(The Voidz)

Aileen

Depuis quinze jours, je ne fais plus de cauchemars. Evan est mon remède miracle, même s'il n'est pas toujours présent. Mais quand il est là, il me comble de bonheur. Il prend soin de moi et me gratifie de petites attentions adorables. Nous avons aménagé une pièce afin que je puisse peindre sereinement. Ma sœur serait jalouse de voir mes étagères remplies de fournitures ainsi que mon magnifique chevalet en fer forgé. Elle a souvent rêvé d'avoir un endroit rien que pour elle. Malheureusement, notre maison à Seneca Falls n'est pas très grande et le seul lieu où elle peut travailler est sa chambre. Quand maman est partie, nous sommes restées longtemps chez nous sans sortir et la peinture a été notre petit moment de bonheur. Cette passion nous a permis de chasser les mauvais esprits de notre tête. L'année dernière, je me suis mise à faire du body painting pour me faire de l'argent de poche et j'avoue que j'aime beaucoup dessiner sur le ventre des femmes enceintes. En ce moment, je n'en fais plus, mais j'espère en refaire très prochainement.

J'ai pris des nouvelles de ma sœur cette semaine. Apparemment, elle file toujours le parfait amour avec Sacha. Elle me manque terriblement. Mon père également. Evan m'a promis qu'on irait les voir sous peu, mais pour l'instant, il est occupé avec les Hot Boys. Il leur compose des chansons, car jusqu'à présent ils reprenaient des tubes de Nirvana.

Pendant qu'Evan est au studio, je passe mes journées à peindre et à étudier. Je regarde ses clips, écoute ses chansons en boucle. Parfois, Emma vient me rendre visite. On papote autour d'un cappuccino. Adam occupe ma place au sein de mon ancien appartement. Ma chambre est devenue un débarras où il case tout son matériel musical. Mes deux amis forment un joli couple et je suis persuadée qu'ils vivent un amour aussi intense que le mien.

Je nettoie mes pinceaux et les range dans ma pièce personnelle. Je souris en contemplant mon chef-d'œuvre. Il manque encore quelques détails, mais bientôt, je pourrais l'offrir à mon beau brun. J'espère que ça lui plaira. Pour moi, il est le plus ravissant de tous ceux que j'ai réalisés jusqu'à présent.

Je jette un coup d'œil à l'horloge de la cuisine. Il est 13 h 15. Je dois rejoindre Emma et Mila au Time Square. Je suis trop heureuse de revoir Mila. Elle doit avoir beaucoup de choses à nous raconter. Elle est venue pour le week-end en compagnie d'Ashton. Cet après-midi, nous avons décidé de faire du shopping entre filles pendant que les garçons répètent au studio. Evan était réticent que je sorte sans sa présence, mais je n'ai pas envie de rester cloitrer toute ma vie dans l'appartement. J'ai besoin de bouger. De toute façon, je serai entourée de mes deux meilleures amies. Tout devrait bien se passer.

***

Nous venons de passer trois heures dans les boutiques. Nous sommes encombrées de sacs, contenant de la lingerie, quelques vêtements et des gadgets inutiles. J'ai craqué pour des bougies. J'espère qu'Evan ne m'en voudra pas d'en avoir choisi des roses et des blanches à paillettes. Je les trouvais très jolies et de toute façon, il m'avait dit que je pouvais apporter une touche personnelle dans l'appartement.

Chose faite !

Nous entrons dans un pub. C'est la première fois que nous y mettons les pieds. L'intérieur est coloré dans des nuances orangées. On se croirait dans les années 70. La tendance rock épure la salle. Des vinyles sont accrochés sur les murs et on y voit de nombreuses petites tables rondes dont les motifs sont des damiers.

Je baisse la tête au sol quand je sens que les yeux sont rivés sur moi. Je commence à prendre l'habitude, mais je déteste que l'on me regarde comme si j'étais l'attraction numéro un d'un public. Nous nous installons près de la baie vitrée. Emma s'empare de la carte des menus tandis que Mila positionne un miroir devant son visage pour inspecter l'état de ses cheveux. La coupe au carré lui va comme un gant. Je trouve qu'elle fait beaucoup plus mûre que son âge. Son teint est rayonnant et sa robe en lainage écru met en valeur sa silhouette longiligne.

Je retire mon manteau, mes lunettes teintées et chope la carte des mains d'Emma.

— Je n'ai même pas eu le temps de réfléchir à ce que j'allais prendre. Rends-moi ça !

Elle se penche sur la table pour l'attraper, mais je la lève, le souriant triomphant.

— Deux incroyables gamines, s'exclame Mila en saisissant la carte.

Non, mais je rêve ! Je viens de perdre à mon petit jeu ! Mila ricane. Nous nous ruons sur elle pour la lui reprendre.

Les rires fusent dans le pub. Alors que nous nous battions pour récupérer ce bien précieux, un serveur avec un tablier noir qui me fait penser à Ryan Gosling se pointe devant nous en se raclant la gorge. Nous sursautons toutes les trois en même temps.

— Bonjour, mesdemoiselles, avez-vous choisi ?

Je sens mes joues qui s'empourprent. Nous nous regardons toutes les trois et pouffons de rire.

— Dois-je repasser un peu plus tard ?

— Non, non, bredouille Mila. Mettez trois cappuccinos et trois muffins au beurre de cacahuètes.

Il hoche la tête et tourne les talons.

— Cette carte ne servait à rien, on a l'habitude de prendre toujours la même chose, dit Mila.

Emma rit et lance :

— Qu'on est bêtes parfois !

— Mais non, on n'est pas bêtes ! Ça s'appelle la joie de vivre, répond Mila en souriant.

Nous nous esclaffons.

— Ça me manque de ne plus passer du temps avec vous les filles. J'aime bien ma vie à Boston, mais sans vous c'est différent.

— Tu nous manques aussi Mila, dit Emma en posant sa main sur son épaule. Tu es certaine que tu ne veux pas revenir par ici ?

— J'aimerais, mais Ashton a une bonne place et mon rôle de coach me plaît énormément. Parfois, je me sens seule. J'ai une amie, mais ce n'est pas comme vous. La solitude me pèse.

Elle lâche un soupir.

— Mais... j'ai quelque chose d'important à vous dire. Nous avions pris une décision Ashton et moi...

Elle ne finit pas sa phrase quand le serveur dépose notre commande sur la table.

— Trois cappuccinos et trois muffins au beurre de cacahuètes. Bon appétit, mesdemoiselles.

— Merci, nous répondons toutes les trois en chœur.

Nous attendons qu'elle poursuive, mais elle se contente de touiller dans son cappuccino. Elle semble pensive.

Emma la questionne :

— On veut savoir la suite. Raconte ! Quelle est cette décision ?

J'apporte la tasse à ma bouche et scrute Mila du regard.

— Pas de commentaires les filles. OK ?

Nous hochons la tête. Bizarre qu'elle dise ça. Que mijote-t-elle ?

— C'est notre choix et on en a parlé longuement... On essaie de faire un bébé.

Je recrache la gorgée de cappuccino que je viens d'avaler. Je crois que j'ai dû mal entendre ! Mila et un bébé !

Je prends une serviette et m'essuie la bouche.

— Mais ça fait peu de temps que vous êtes ensemble. Tu ne trouves pas que ça fait un peu tôt ? l'interroge Emma. La vie est différente avec un bébé. Tu ne pourras plus sortir comme tu veux et tu devras consacrer ton temps 100 % pour lui.

Mila a les joues qui deviennent rouge vif.

— Je viens de dire de ne pas me juger ! J'en ai envie. Un point c'est tout !

Elle soupire en gonflant les joues. Les regards des clients rivent sur nous. Je tourne la tête pour cacher ma gêne.

— Ce n'était pas une critique, parle à voix basse Emma en essayant de la rassurer. Excuse-moi si je t'ai offensée.

C'est juste que je me demande si c'est vraiment ce que tu désires.

— C'est une décision bien réfléchie. Je le veux. Je me sens prête.

Elle mord furieusement dans son muffin en tournant la tête vers la fenêtre.

J'ai du mal à voir Mila avec un enfant. Il y a encore six mois de ça, elle changeait d'hommes comme de chemises.

— Je te souhaite le plus grand bonheur, dis-je en lui offrant un sourire. Fais ce dont tu as envie. Un mini Ashton ou une mini Mila, c'est trop mimi à imaginer. Rien de plus beau sur terre d'avoir un petit être qui nous ressemble.

— Merci, Aileen. Ça te tente aussi ?

— Oh non ! Ce n'est pas dans mes projets pour l'instant.

Un mini Evan ! Oh ! Mon Dieu ! Il serait vraiment trop craquant. Et j'imagine qu'il aurait une voix envoûtante comme son papa. Mais tout d'abord, je voudrais clôturer mes études et ensuite me marier avec l'homme de mes rêves. Oh là là ! Quel rêve ! Un jour… Et ce jour-là, je serai la femme la plus comblée sur terre.

— Parlons un peu de vous maintenant les filles, lâche Mila, qui semble moins énervée. Comment ça se passe avec Adam ?

Elle tourne la tête vers Emma qui plane. Elle m'a déjà exposé quelques anecdotes croustillantes concernant son couple, ce qui m'a confirmé qu'elle ne doit pas s'ennuyer du tout.

— Alors ? Raconte-nous, insiste Mila en tapotant sur son épaule. Il a l'air de te faire un sacré effet ! Quel est son secret pour te rendre si heureuse ?

— Il n'y a pas vraiment de secret. Il est simplement fabuleux et très attentionné. Bon, j'avoue qu'il est un peu gourmand, rougit-elle en chopant sa tasse.

Elle l'apporte à sa bouche et glousse. Je sais de quoi elle veut parler et je me mets à éclater de rire.

— Vas-y raconte, tu en as trop dit, s'exclame Mila, impatiente.

Emma ricane :

— Il apprécie la nourriture.

— Donc… il te recouvre de chantilly et tout et tout ?

— Ouais…

Mila rigole.

— Chantilly et fruits. Et j'aime bien me prendre au jeu également. Quand la première fois il s'est amené avec le pot de glace au chocolat et la chantilly, j'ai eu quelques idées.

— C'est-à-dire ? l'interroge Mila, le regard brûlant.

— Adam est devenu le banana split de ses envies, je réponds à la place d'Emma.

Nous nous esclaffons. Je repense à la fois où elle me l'a dit, j'ai eu un fou rire pendant une heure. Le pire, c'est que ce jeu à l'air d'être vraiment addictif, car lorsque l'appétit les prend, ils rajoutent une petite douceur, comme du vermicelle ou des bonbons.

De sacrés gourmands ! Je devrais tenter !

— Et si on parlait de toi maintenant, Aileen, lance Emma, le regard plein de défis.

Je deviens rouge. Je ne suis pas fan de dévoiler des choses sur ma vie sexuelle. Elle a essayé plusieurs fois de dénicher quelques informations, mais la plupart du temps j'ai esquivé les interrogatoires.

— Pas grand-chose à dire, dis-je la voix pas très crédible.

— Oh ! Tu mens. Je sais que tu me caches des choses, s'exclame mon amie un peu trop fort à mon goût.

— Pas du tout, entre nous c'est juste le bonheur comme il le faut.

Elle rit. OK, je ne suis pas convaincante. Comme toujours.

— Je vous ai vus dans les toilettes à Los Angeles. Ne va pas me dire que c'est platonique. De plus, ce soir-là, tu lui avais dit plus de jeu.

— Plus de jeu ? demande Mila. Raconte ! Allez, ne fais pas ta coincée du cul. On est entre filles, tu peux tout nous dire.

Elle bat des cils pour m'amadouer. Je dois rougir davantage. OK, je me lance, j'espère qu'elles ne vont pas être choquées.

Je déglutis avant de m'exprimer :

— Oui, bon, Evan aime bien jouer aussi. Il a sa façon de faire, on va dire.

Mila semble intéressée :

— Quel genre ? Il t'attache ? Il te fouette ? Il te déguste comme Adam le fait sur Emma ? Il...

Je la coupe, complètement embarrassée. J'ai l'impression que l'on nous écoute. Autour de nous, les clients ne nous lâchent pas du regard. Quelle idée de parler de ça dans un lieu public !

— Mais non ! Il ne me fouette pas, et il ne m'attache pas non plus.

Je ris.

— Il adopte une sorte de peaking à sa façon. Il me donne du plaisir en m'interdisant du jouir. Et ça va dans les deux sens. J'ai le droit également de prendre ma revanche.

— Oh ! La vache ! s'écrie Mila. Je deviendrais folle si Ashton me faisait ça.

— Baisse d'un ton, chuchoté-je en fronçant les sourcils. Je n'ai pas envie que les clients de ce pub connaissent ma vie sexuelle.

Je lève les yeux en l'air. Je souris :

— Eh oui, il me rend folle. Mais ça nous amuse.

Mila me tend sa main pour frapper dans la mienne.

— On a touché le gros lot les filles, dit-elle la voix pleine d'enthousiasme. Un mec gourmand, un Christian Grey et un joueur espiègle.

Nous partons de nouveau dans un fou rire. J'avoue que jamais je ne me serais attendue à vivre une vie sexuelle si pigmentée, mais maintenant que j'ai goûté à ce désir si enflammé, je ne saurais plus m'en passer.

Nous finissons notre petit goûter, payons et sortons du pub. Le vent frais fouette mon visage. Le ciel vient de s'assombrir. Je contemple les lumières des enseignes qui brillent dans la pénombre tout en marchant tranquillement avec mes amies.

Tout d'un coup, quelqu'un me bouscule. Les sacs que je tenais en main tombent à terre.

— Eh ! je m'exclame en apercevant un homme vêtu tout en noir qui court devant moi avec mon sac à main.

Non, mais ce n'est pas vrai ! Où est-il ? Je ne le vois plus. Zut ! Mon sac !

— Rattrapons-le, hurle Mila.

— Mais on est chargées comme des baudets, répond Emma. On ne le rattrapera jamais.

Mila secoue la tête et s'élance devant elle en criant aux passants :

— Aidez-nous s'il vous plait ! On vient de voler le sac à main de mon amie !

Personne ne bouge. Au contraire, on la regarde étrangement. Ils doivent la prendre pour une folle.

Désespérée, j'annonce d'une voix forte :

— Il est trop tard Mila ! Laisse tomber. On ne le retrouvera plus.

Elle soupire, en baissant les bras. Je suis aussi anéantie qu'elle. Dans mon sac, c'était un sacré bordel, mais il y avait tous mes papiers et surtout mon téléphone avec pas mal de photos d'Evan et moi.

— On n'a plus qu'à porter plainte, dit Emma. Allons-y maintenant.

Mila hoche la tête et répond :

— Tu as raison ! Ne perdons pas de temps !

Je dois ressembler à un chien battu. Je suis totalement découragée et effondrée. J'avance d'un pas lent en trainant les pieds. C'est foutu ! Je ne retrouverai jamais mon sac. Quelle misère !

***

Nous sommes restées plus d'une heure au commissariat. J'ai essayé de décrire le malfaiteur, mais hormis une casquette, un cuir noir et un pantalon de la même couleur, je ne me souvenais de rien d'autre. Emma et Mila n'ont pas donné d'informations supplémentaires. Tout s'est passé à une grande vitesse. Malheureusement, je ne suis pas certaine de récupérer mes affaires. La police détient très peu d'éléments pour le retrouver.

Il n'y a qu'à moi que ça arrive ces choses-là. La poisse !

Evan et Adam entrent comme deux tornades au moment où on allait sortir du commissariat. Mon amoureux me serre contre lui, presque en m'étouffant. Sa bouche vient me caresser le cuir chevelu. Il pose ses mains sur mes épaules et plonge ses yeux inquiets dans les miens.

— Tu vas bien, petite pomme ? Il ne t'a rien fait cet abruti ?

— Non... ça va. Je n'ai rien.

Il m'enlace une seconde fois, puis me souffle à l'oreille :

— Tu ne sortiras plus seule. Ce n'est plus possible, Aileen.

Je me dégage de son étreinte et secoue la tête.

— Je n'étais pas seule.

— Ne fais pas la fille entêtée. À chaque fois, que je suis loin de toi, il t'arrive quelque chose. Je ne le supporte pas. J'ai promis de te protéger. J'y tiens.

Les larmes me montent aux yeux. Je n'imagine même pas que quelqu'un me suive dans mes moindres faits et gestes. Je me suis souvent sentie prisonnière dans mon enfance quand mon père voulait nous préserver du monde extérieur. Et là, j'ai l'impression que c'est reparti pour un tour.

— Evan a raison, dit Mila. Tu serais beaucoup plus en sécurité, mais ce n'est pas moi qui décide. Tu devrais y réfléchir.

— Nous vivons dans un monde de brutes, soutient Emma. Fais-lui confiance.

Elle me décoche un clin d'œil. Je suis complètement perdue.

— Les filles ont raison, annonce à son tour Adam. Je ne vais pas te faire la morale, mais prends la bonne décision. Bonne soirée les amoureux.

Emma, Adam et Mila nous saluent et sortent du commissariat. Evan me saisit les poignets et m'étudie du regard. Un regard très sérieux. Je sens une larme qui roule sur ma joue. Il l'essuie du bout de son pouce et niche son visage dans mon cou en me serrant très fort contre lui.

— S'il te plaît ma chérie, fais ça pour moi.

— Mais je n'ai pas envie qu'il me suive partout.

Il me relève la tête, attrape mes mains et enlace ses doigts dans les miens.

— Seulement quand tu sortiras, dit-il très calmement.

Il me fait les yeux doux. Totalement irrésistible !

— Donc, il ne me suivra pas comme un petit toutou jusqu'aux toilettes ?

Il ricane et m'embrasse le bout du nez.

— Non… il n'y a que moi qui peux faire ça.

Je souris. Une lueur de bonheur illumine ses pupilles.

— OK, mais je ne veux pas qu'il devienne envahissant. Imagine si l'on fait l'amour et qu'il écoute à la porte.

Nous pouffons de rire.

— Il entendra le joli son de ta voix quand je te ferai jouir.

Il se met à grogner tout en caressant ma joue.

Mon cœur sursaute quand un policier passe devant nous en nous dévisageant. Je rougis. Il a dû entendre ce qu'Evan vient de dire.

— Rentrons. Je vais m'occuper de tout ça. Dès demain, plus personne ne pourra s'approcher de toi.

Je hoche la tête.

Et voilà ! Comme une cruche, j'ai cédé ! Tout ça pour ses beaux yeux ! Evan a raison de vouloir me protéger. Dans un sens, je me sentirais plus sereine quand je sortirai de chez moi. Cependant, il n'a pas intérêt à me suivre partout, sinon il devra subir ma mauvaise humeur.

Evan prend mes sacs, ouvre la portière de sa voiture et les dépose sur les sièges arrière. Il reste silencieux en conduisant, mais parfois il jette un coup d'œil dans ma direction. Sa main est appuyée sur ma cuisse. Il remue ses doigts, ce qui a le don de faire réagir mon corps. La chaleur s'élève en moi. Je le contemple en souriant. J'imagine déjà notre soirée, simplement à deux, blottie dans ses bras. J'ai besoin de sa tendresse et de son petit côté joueur pour évacuer tout le stress qui me possède.

Je pose ma main sur la sienne et la remonte jusqu'à mon entrejambe. Il tourne la tête lentement en arquant un sourcil. Son délicieux sourire me fait fondre. Quel mec canon !

— Caresse-moi, le taquiné-je en battant des cils.

Il fait les gros yeux et d'un coup, il gare sa caisse sur le bas-côté. Il a le regard brûlant. Il détache sa ceinture et fourre ses doigts dans mes cheveux. Ses pupilles pétillent.

— Tu es une effrontée et… une petite cochonne.

— Tu te souviens que c'est toi qui m'as initié à ton jeu ?

— Ouais… et donc ?

— Alors si je suis une cochonne, c'est parce que c'est toi qui m'as appris à être comme ça.

— Je suis fan de cette petite cochonne, dit-il en me regardant avec gourmandise.

Ses mots affolent mon cœur. Il s'empare de ma bouche férocement. Le désir crépite en moi. Mais on ne va pas faire l'amour ici, dans la voiture et en pleine rue ? Quoiqu'avec Evan, je m'attends à tout !

— Dépêchons-nous de rentrer, murmuré-je. Je ne peux plus attendre.

— Moi non plus. Ce n'est pas pour rien si je me suis arrêté.

Il continue de m'embrasser avec fougue tout en abaissant mon siège. Il me chevauche. Ses lèvres explorent ma bouche et mon cou. Je fourre mes mains dans ses cheveux et gémis à ses baisers enflammés. Mais soudain, nous sursautons. Quelqu'un frappe à la vitre. Eh merde ! On vient de nous prendre en photo dans cette position très provocatrice. Evan se redresse, les narines fumantes et râle après cet inconnu. Il est prêt à sortir de la voiture, mais j'attrape son bras pour le retenir.

— Laisse tomber, Evan. Il est parti. Démarre.

— Ouais… tu as raison. Ils n'ont pas besoin de voir le spectacle appétissant que je vais te préparer. Rentrons chez nous. Je vais te croquer et te faire passer une nuit torride.

Il attache de nouveau sa ceinture et démarre en faisant ronronner sa voiture. Je ne l'ai pas lâché du regard depuis qu'il a mentionné « nuit torride ». Ce soir, il ne sera pas sage. Il a envie de jouer. Ça tombe bien, j'ai acheté de la lingerie qui va le rendre fou. Je glousse discrètement et contemple la vue devant moi. Nous sommes bientôt arrivés. Je suis terriblement excitée. Presque toutes mes nuits se ressemblent, mais jamais je ne m'en lasserais. J'ai tellement besoin de ça pour évacuer tout le stress qui me possède.

Chapitre 9
50 : 50
(The Strokes)

Aileen

Deux semaines que Jedi fait partie de mon quotidien. Déjà, elle a un nom à coucher dehors, mais en plus elle tire toujours la gueule. Elle a la carrure d'un ours et ne me dit jamais un mot. Son travail consiste simplement à me surveiller dans mes moindres faits et gestes quand je suis à l'extérieur. C'est assez comme ça. Je ne supporterai pas l'avoir encore plus dans les pattes. Elle fait peur. Elle a les yeux globuleux et une coupe d'homme. Ses fringues sont sombres, strictes et moches. Et pour ne rien arranger à son apparence, elle a un énorme grain de beauté tout poilu près de la bouche.

Cette femme vend du rêve !

La plainte que j'ai déposée n'a abouti à rien pour l'instant. Je sais que c'est perdu d'avance, nous ne retrouverons jamais le voleur. Evan m'a racheté un nouveau sac et un téléphone. Sur ce sac noir pailleté, il a ajouté deux petits bijoux qui m'ont fait craquer immédiatement. Une pomme rouge et un sucre d'orge.

Tellement touchant !

J'avoue que la crainte m'envahit quand je sors. Je ne me sens jamais en sécurité, même si Jedi n'est pas souvent bien loin. J'ai l'impression d'être épiée en permanence.

Hier, en faisant du shopping avec Emma, j'ai entendu des filles critiquer ma tenue. J'avais opté pour un jean noir et mon manteau couvrait pratiquement mon corps. C'était uniquement de la méchanceté et un moyen pour m'enrager. J'ai failli en prendre une pour frapper sur l'autre. Heureusement que Jedi était là pour m'en empêcher, sinon j'aurais fait la une des réseaux sociaux.

— Aileen ?

Evan entre dans ma pièce personnelle, simplement vêtu d'un boxer noir. Je l'admire quelques secondes. Quel délice !

— Qu'est-ce que tu fais ? me demande-t-il en s'avançant vers moi, une main dans ses cheveux. Viens te recoucher. Tu as vu l'heure ?

Oui, je sais, il est deux heures du matin. Je suis folle de m'être levée en pleine nuit surtout que dans trois heures, nous devons partir à plus de mille sept cents kilomètres de New York.

Je planque le tableau que je viens de finir derrière mon dos et lui souris à pleines dents. Il avance vers moi en haussant un sourcil.

— Qu'est-ce que tu caches ?

Mon cœur bat de plus en plus vite

— Je ne veux pas que tu le voies maintenant. Je dois encore faire quelques retouches.

Il secoue la tête en levant les yeux en l'air.

— Je suis certain qu'il est parfait. Montre-le-moi.

Je recule d'un pas. Il croise les bras en prenant un petit air mécontent. Ce qui le rend carrément irrésistible !

— Tu pouvais attendre pour le finir. Je déteste me réveiller sans ta présence. Allez viens, dit-il en me tendant la main.

— J'aimerais te l'offrir avant que l'on parte pour Austin. Laisse-moi encore cinq minutes.

Je bats des cils pour l'amadouer. Il se frotte les yeux et bâille.

— Je n'ai pas envie d'attendre cinq minutes.

Il plante son regard dans le mien. Le silence s'installe dans la pièce. Mais tout d'un coup, son corps se réveille. Il se transforme en lion, prêt à bondir sur sa marchandise. Il essaie de dénicher mon tableau, mais je me faufile sur ma gauche et me précipite en me dirigeant vers la sortie. Je me mets à ricaner comme une sotte.

— J'ai une surprise pour toi, prononce-t-il d'une voix forte.

C'est une ruse.

Ne pas l'écouter !

Nous voilà partis à courir dans l'appartement, mais je me retrouve piégée quand je m'aventure dans notre chambre. Il vient de fermer à clef derrière lui et son dos est appuyé contre la porte. Je suis prisonnière. Bordel !

— Tu as le choix. Sois tu me montres ce tableau, soit tu dis adieu à la surprise qui t'attend.

Il me sourit en coin. Quel chantage !

— Tu mens. Tu dis ça pour que je retourne dans le lit.

Il s'approche d'un pas nonchalant. Mon cœur se met à battre vite.

— Jamais je ne te mentirai. Cette surprise, j'y travaille depuis deux semaines. Tu te souviens de « *Tout le temps avec moi* » ?

Les frissons m'envahissent. Bien sûr que je me souviens de ça.

— Les mots et la musique me sont venus comme ça sans trop réfléchir. Lorsque je l'ai écrite, j'avais l'impression d'être en permanence avec toi. Je voulais t'en montrer un petit aperçu.

Mes jambes cognent contre le bord du lit. Je ne peux plus reculer ni même m'échapper, car son corps est à proximité du mien. Je plonge mon regard dans le sien si beau et lumineux. Evan est l'homme parfait. Parfait pour moi. Il peut parfois être doux, romantique, sage ou démoniaque. J'aime tout ce que peut dégager cet homme. Une larme me menace par ce qu'il vient de me dire. Une chanson juste pour moi. C'est tout simplement un rêve. Un vrai rêve.

Sans lui répondre, je place le tableau devant son visage. Il le prend dans ses mains et l'examine silencieusement. Je me mets sur la pointe des pieds pour le contempler. Ses pupilles brillent d'admiration. La larme menaçante finit par s'échouer sur ma joue.

— Comment dois-je te remercier ? Par une baise torride ou romantique ? me demande-t-il en jouant des sourcils.

Je ris.

— C'est incroyable le talent que tu as. J'ai encore l'image de toi, ce jour-là où je t'ai offert la clef de chez nous. Tu avais ce petit regard espiègle qui fait tant bondir mon cœur et tu semblais tellement émue.

Il pose le tableau sur la table de chevet et revient vers moi en me ramenant à lui. Je suis fière de ce portrait que j'ai réalisé. Mon père m'a envoyé les photos qu'il avait prises le jour de Noël. Celle où j'embrasse Evan devant le sapin m'a charmée aussitôt, car elle représente notre amour sincère, notre bonheur et la tendresse qui se dégage dans notre couple.

Il me gratifie d'un baiser exquis qui m'enflamme immédiatement. Sa langue plonge dans ma bouche sensuellement. Tout mon corps vibre. Je flotte dans les brumes de mon océan rose.

— Je t'aime. Tu es la personne la plus importante à mes yeux. Je ne pourrais jamais me passer de toi. Tu es mon plus beau cadeau et tu es arrivée dans ma vie quand il le fallait. Ne me quitte jamais.

Cet aveu est si touchant que je me mets à pleurer comme une fontaine dans ses bras.

— Jamais je ne t'abandonnerai, murmuré-je en sanglotant. Je t'aime trop pour ça.

Il me soulève et me fait tourner dans les airs. Quelle déclaration ! Ce moment de bonheur restera gravé toute ma vie dans ma tête.

— Maintenant… grimpe dans le lit, m'ordonne-t-il les pupilles brûlantes.

Oh ! Le romantisme, c'est fini. Zut !

Il me repose à terre.

— Non, c'est donnant donnant. Tu m'avais dit que tu me montrerais un extrait de la chanson.

— Je ne t'ai pas dit que j'allais le faire maintenant. Je vais tout d'abord te remercier et tu auras la suite demain.

Je soupire. Pourquoi ne me suis-je pas mis en tête que ça ne serait pas si simple ? Malheureusement, j'ai encore perdu. Je n'ai pas le temps de répliquer que je me retrouve allongée sur le lit, son corps étendu sur le mien. Je l'embrasse avec passion pendant qu'il me caresse la poitrine. Le désir nous plonge de nouveau dans les profondeurs de l'amour. La plus belle récompense que je puisse avoir.

***

Le temps est doux et sec à Austin. Depuis que je voyage avec Evan, j'ai les yeux qui brillent en couleur. Les hôtels sont splendides et les villes laissent dans ma mémoire un merveilleux souvenir.

Nous sommes arrivés il y a plus d'une heure. La chambre est agrémentée d'un ameublement traditionnel, d'un lit immense recouvert d'une couverture bordeaux et de rideaux brodés dans des tons rouges. L'hôtel dégage un côté romantique. Il comprend deux piscines, dont une couverte, et j'avoue que j'aimerais bien faire un petit saut à l'intérieur. Nous ne profitons jamais des prestations que peuvent offrir ces établissements de luxe et je trouve cela vraiment dommage. Je sais qu'Evan veut que tout soit parfait avant d'entrer en scène, mais parfois je me dis qu'il a besoin de se reposer et laisser certains professionnels faire leur travail.

J'ouvre ma valise. Je prends mon maillot de bain deux pièces, puis retire mes vêtements afin de me l'enfiler.

Evan sort de la salle de bains. Il avance vers moi, les cheveux humides, vêtus simplement d'un boxer noir. Il arque un sourcil tout en se pinçant le menton. Ses iris marron scintillent. Je lui dégaine mon plus beau sourire en posant mes mains sur mes hanches et lui lâche :

— Comment me trouves-tu ?

Il ricane.

— Cette expression m'est familière. Viens par ici.

Il fait allusion à la fois où j'ai passé mon entretien dans son bureau.

Je marche lentement vers lui et viens frotter ma poitrine contre son torse. Sa peau est tiède et il sent divinement bon. Une odeur de sauge et de parfum de luxe.

— J'espère que tu as pris ton short de bain, je lui susurre à son oreille.

Je lui mordille et contourne ma langue autour de son lobe. Son cœur bat fort contre moi.

— C'est un détail qui m'a échappé.

Mon moment de bonheur vient de s'interrompre. Je le regarde, fâchée.

— Mais pourquoi n'y as-tu pas pensé ?

— Parce que je ne passe pas mon temps dans les hôtels.

Je soupire et croise les bras.

— Je vais demander à la réception s'ils en vendent.

Je fais un pas, mais il me retient par le poignet.

— Ça ne va pas être possible.

— Pourquoi ?

Nerveusement, il enfouit une main dans ses cheveux. Il a les joues qui deviennent légèrement roses.

— J'ai un autre plan. J'espère que ça te fera autant plaisir. Mais pour ça, tu dois te rhabiller. Sauf si…

Il me fait reculer, me pousse contre le lit et me chevauche en prenant un air de lion qui rugit. Il secoue ses cheveux sur mon corps. Quelques gouttes se parsèment sur mon buste.

— On a un peu de temps devant nous. Avant que mes parents viennent, dit-il sa bouche proche de la mienne.

Ai-je bien entendu ? « Avant que mes parents viennent ? » Oh ! Mon Dieu ! Ce n'est pas vrai ! Je ne m'attendais pas du tout à ça !

Je fais les gros yeux et crie en frappant sur son torse :

— Mais pourquoi ne me l'as-tu pas dit avant ?

— Parce que j'aime bien te faire des surprises. Et si tu étais un peu plus curieuse, tu aurais pu imaginer que tu allais les rencontrer aujourd'hui.

Je ne connais pas grand-chose sur ses parents. Nous en avions parlé très peu. C'est vrai qu'il m'avait dit qu'ils habitent Austin et qu'ils voyagent souvent depuis qu'ils sont à la retraite. Evan est fils unique. Il a passé son enfance à Cambridge. Ses parents voulaient qu'il devienne avocat comme eux, mais la musique a été sa révélation. Il a appris à jouer de la guitare depuis l'âge de huit ans et s'est mis aussitôt au chant. Très vite repéré par son timbre exceptionnel, il a d'abord entamé une carrière solo, puis a formé son groupe il y a maintenant neuf ans. Tous ses musiciens sont des amis d'enfance. Adolescents, ils répétaient dans le garage des parents d'Evan. Ils étaient à la même école et ont toujours été soudés l'un envers l'autre. Il m'a avoué que ses parents ont eu du mal a accepté sa décision de devenir chanteur, mais quand le succès est arrivé, ils ont cru en lui.

— Laisse-moi me changer. Je ne vais pas me présenter dans cette tenue.

— Oh que non ! Je ne vais pas pouvoir profiter de ton petit corps de rêve de la journée, donc je vais me faire plaisir maintenant.

Son regard prend des reflets ardents. Il lèche la ligne de ma mâchoire. Frissons ! Il a le pouvoir de m'envoûter et de me faire céder à tous ces caprices.

Cet homme est un ensorceleur !

Il promène sa main sur mon corps jusqu'à ce qu'elle atteigne le bas de mon maillot de bain. Il me regarde en souriant. Ce sourire exquis qui fait tant vibrer mon cœur. Je l'aime tant.

— J'ai peur qu'ils ne m'apprécient pas, chuchoté-je en fermant les yeux.

Sa main a gagné du terrain. Elle est sous mon slip et il me caresse délicatement. J'ai chaud.

— Ne raconte pas de sottises ! Ils t'aimeront, car tu vas les charmer avec ton parfum.

Il ricane puis sa tête disparait de mon champ de vision. Elle s'aventure vers l'endroit de ses rêves. Un désir intense naît au creux de mon ventre.

J'oublie ma crainte et me laisse aller au plaisir qu'il me procure. Dans les bras d'Evan, c'est tellement si simple de ne plus penser.

***

Le restaurant de cet hôtel est incroyable. Les murs en pierre et les nombreuses bougies diffusent une ambiance cocooning, légèrement romantique. Les tables en marbre sont ornées de dorures et elles sont bien espacées des autres. Mais le plus agréable est ce fauteuil en velours super relaxant. Je me sens bien. Je pourrais dormir dessus. Ce restaurant est un petit havre de paix. Un vrai plaisir pour les yeux.

Je viens de faire connaissance avec monsieur et madame Swain, deux personnes qui m'ont l'air très sympathiques. Evan a le même sourire que sa mère et il détient le charme de son père. À vue d'œil, je dirais qu'ils ont une soixantaine d'années.

J'ai parlé un peu de ma vie, de mes passions et de mon parcours scolaire. Evan a raconté comment nous nous sommes rencontrés sans mentionner ma folie dans son bureau. Mais je savais qu'il y pensait, car lorsqu'il me regardait, ses pupilles étaient enflammées. Et sa main posée sur ma cuisse gagnait du terrain… En lui faisant plusieurs fois les gros yeux, il a cessé son petit jeu. Cependant, je ne sais pas combien de temps il va se retenir. C'est toujours imprévisible avec Evan.

— Quel est ton parfum, Aileen ? Il sent divinement bon.

Madame Swain est penchée sur moi pour respirer mon odeur. Je me sens un peu gênée. Mes joues me chauffent.

— C'est…

Evan me coupe :

— Hors de question que tu achètes le même. Cette odeur m'appartient.

Il incline sa tête pour humer mon cou et pose ses lèvres dessus. Son souffle chaud balaye ma peau. Il me chuchote :

— J'ai envie de te croquer sur cette table.

De ses longs doigts, il caresse mon épaule et joue avec la bretelle de ma robe. Je glousse et mes joues s'empourprent de plus belle. Monsieur Swain qui est assis face à moi nous dévisage, un sourire qui étire ses lèvres.

— C'était simplement de la curiosité. Je n'ai pas dit que j'allais acheter le même, répond sa mère en levant les yeux en l'air.

Elle attrape son verre de vin blanc et en boit une gorgée. Evan ricane puis tourne mon visage vers lui pour m'embrasser. Sa langue câline la mienne sensuellement. Je sens une vague de chaleur monter en moi. Un baiser qui me procure des papillons dans le bas du ventre. J'y mets vite fin, embarrassée de me donner en spectacle. Cela dit, il ne me lâche pas du regard. Non ! Il continue son petit manège en se léchant sa lèvre inférieure. Oh ! Mon Dieu ! Rien ne le perturbe. J'ai une terrible envie de lui arracher sa chemise tout d'un coup. Si je pouvais le faire… Toutefois, monsieur Swain me sort de mes songes quand il se racle la gorge.

— Tu as de nouveaux projets ? lui demande-t-il en coupant son pavé de bœuf.

Evan appuie sa main sur ma cuisse et affirme :

— Ouais… je suis en préparation d'un nouvel album pour mon groupe et je compose pour les Hot Boys.

— Et… quand te reposes-tu dans tout ça mon chéri ? interroge sa mère en piquant un brocoli dans son assiette.

Son téléphone se met à sonner au moment où il allait lui répondre. Il le sort de son cuir et scrute son écran. Il décroche.

— Adam… Pour quelles raisons me déranges-tu ?

Je grignote une frite en le regardant. Il fronce les sourcils, l'air inquiet.

— Quoi ? Putain ! Ce n'est pas vrai ! hurle-t-il.

Il se lève et s'élance précipitamment vers la sortie du restaurant. Mon pouls s'accélère. Il se passe quelque chose d'important. Son timbre et ses yeux devenus noirs viennent de me le prouver. J'essuie ma bouche avec ma serviette et me lève à mon tour pour le rejoindre. Monsieur Swain me fait un geste de la main pour me faire comprendre de me rasseoir.

— Tu devrais manger. Ton assiette va refroidir.

Impossible ! Je ne saurais plus rien avaler.

— Je dois aller aux toilettes, dis-je, les joues écarlates.

Il fronce les sourcils. Évidemment, il ne croit pas à mon mensonge. Je fonce droit devant moi, le ventre noué et trouve Evan dans le couloir. Ni lui ni moi ne prononçons un mot. Il semble abattu comme si on venait de lui annoncer une terrible nouvelle. Je dois absolument briser ce silence insupportable.

— Que se passe-t-il ?

Il s'approche de moi et m'enveloppe dans ses bras. Son cœur cogne fortement contre le mien.

— Reste avec mes parents. Je dois y aller.

Il embrasse mon front et me libère de son étreinte. La peur m'envahit. Comme si j'allais rester avec ses parents sans que je sache quoi que ce soit !

Peu importe où l'on est, je hausse la voix :

— C'est Emma ? Adam ? Mais merde, Evan ! Parle !

Je suis prête à le frapper de mes petites mains sur son torse, mais il anticipe avant que je le fasse. Il attrape mes poignets et plante un regard sombre dans le mien :

— Arrête, Aileen ! Je ne veux pas que tu viennes avec moi. Adam et Emma vont bien. C'est juste… dangereux.

— Tu oublies que l'on doit tout se dire.

La colère bout en moi. Pourquoi me cacher ce qui est en train de se passer ?

Jedi qui n'est jamais bien loin se pointe devant nous. J'ai envie de crier et de lui dire de dégager. Je n'ai pas besoin d'elle. Cependant, je me calme légèrement en apercevant les parents d'Evan venir vers nous.

— Gardez-la bien en sécurité avec vous. Je vous fais confiance, dit Evan à ses parents.

— Mais où vas-tu comme ça ? demande son père, intrigué. Explique-nous avant de partir.

Evan soupire et me lâche les poignets. Furieux, il donne un coup de pied imaginaire devant lui en plongeant ses mains dans ses cheveux.

— Putain ! C'est la salle de concert… elle est en train de prendre feu.

Je pousse un cri d'effroi. Mon sang se glace soudainement. Sa mère m'imite en posant sa main devant sa bouche.

— Dis-moi que personne n'est blessé, balbutie-t-elle.

— Apparemment non, mais je dois aller sur les lieux. Tout mon matos était à l'intérieur. Putain de merde !

Il donne un coup de poing dans le mur. Une boule se forme dans ma gorge.

— Tu restes ici. OK ?

Il s'approche de moi, les yeux noirs, ce qui fait bondir mon cœur.

Je suis figée comme une statue sans rien dire.

— Promets-le-moi, Aileen, hurle-t-il.

Je sursaute tellement que son ton est agressif. Les larmes me menacent. Je veux qu'il reste près de moi. Il n'y a qu'avec lui que je me sens sereine.

Il pose ses mains sur mes joues et soulève mon visage. Il me fixe droit les yeux.

— Excuse-moi, petite pomme. J'ai tellement peur qu'il t'arrive quelque chose. Je n'aime pas m'emporter comme ça, surtout sur toi. Pardonne-moi.

Je sens ses lèvres sur les miennes, mais je ne lui rends pas son baiser. Il veut peut-être me protéger, mais il faut qu'il sache que moi aussi j'ai besoin de lui.

— Reste, Evan, dis-je en sanglotant.

— Je ne peux pas. Il ne m'arrivera rien, ne t'inquiète pas. Je ne serais pas seul.

— Non, tu n'iras pas seul, gronde son père. Je t'accompagne et tu n'as rien à dire.

Je suis tétanisée. De toute évidence, je ne saurais pas le retenir. Il est aussi têtu que moi lorsqu'il a une idée en tête.

J'essaie de contrôler mes tremblements et mes pleurs. Malheureusement, c'est sans succès. Mon ventre se serre. Il me susurre énormément de « je t'aime » au bord de l'oreille. Même si j'aime les entendre, ça ne suffira pas. Tout le temps qu'il ne sera pas là sera un calvaire.

***

Je n'imaginais pas passer ma soirée dans les bras de madame Swain. Mais ça me fait vraiment du bien. Elle est douce et tellement agréable. Je l'aime bien. Elle s'appelle Rosie. Elle me fait penser à ma maman. Quand j'avais un gros chagrin, elle me berçait dans des chansons qui avaient le pouvoir de me transporter dans de tendres rêves. Elle était une enchanteresse.

Madame Swain a aussi ce pouvoir magique. Elle n'a pas chanté, mais elle a passé la soirée à me parler d'Evan. Elle m'a confié qu'elle ne l'a jamais vu autant amoureux de quelqu'un et qu'elle n'a jamais apprécié Kristen. Elle savait dès le début que leur histoire ne tiendrait pas la route. Depuis un certain temps, Evan et Kristen se voyaient en coup de vent et je sais que c'est pour cette raison que leur amour a fini par mourir. Ça m'a tellement fait du bien de l'écouter me raconter des anecdotes sur son fils. C'est une femme bienveillante. Elle ne remplacera pas ma maman, mais je suis certaine qu'elle pourra me consoler chaque fois que mon cœur saignera. En espérant que cela arrive rarement. Toutefois, je compte bien dénicher quelques infos supplémentaires sur Evan dès que je la reverrais.

Emma nous a rejoints. Tous les garçons sont partis assister à cette scène affreuse. Nous sommes donc rentrés dans ma chambre d'hôtel et avons allumé la télévision pour avoir des renseignements sur l'incendie. Malheureusement, la salle n'est plus qu'un débris de poussières. Il n'en reste plus grand-chose. Je suis totalement sous le choc, car j'imagine que ceci aurait pu se produire pendant le concert. Est-ce un homicide volontaire ? Un incident ? Pour l'instant, nous ne connaissons pas les circonstances de ce feu. La seule préoccupation était de l'éteindre.

Nous sursautons toutes les trois lorsque les garçons pénètrent dans la chambre. Je repère Evan qui entre en dernier. Je me lève du fauteuil et cours vers lui. Je l'embrasse comme une cinglée. Partout sur sa figure. Malgré la fatigue qui se lit sur son visage, il me gratifie d'un sourire. Un sourire qui me rend heureuse.

— Tu m'as manqué, lui dis-je en calant ma tête sur son torse.

— Toi aussi, petite pomme.

Il me caresse le dos et embrasse mes cheveux.

Quand je relève la tête, il affiche un air mélancolique. Nos regards s'accrochent tristement. Tous ses biens précieux sont partis en cendre et je peux comprendre son état.

Comme s'il avait lu dans mes pensées, il me chuchote :

— Ne t'inquiète pas. C'est juste du matériel. Ça se remplace. Le principal c'est que tu sois là et qui ne t'est rien arrivé.

Il a raison, mais je sais qu'il aura du mal à le digérer. En entendant, je serai là pour lui.

***

Tout le monde vient de partir après avoir échangé pendant une heure sur les faits passés. On n'en sait pas davantage. Cependant, ils ont les boules d'avoir perdu leurs matériels, ce que je peux comprendre. J'ai bien cru que Logan allait péter un câble, mais Evan l'a rassuré en lui disant que les assurances les rembourseraient. Adam faisait la gueule. Une fois de plus, il a loupé son premier concert parmi les Black Devils. C'est vraiment la poisse. J'espère que tout ceci va s'arrêter. Je suis épuisée de tout ça.

Je grimpe dans le lit douillet et remonte la couverture sur moi. Evan me rejoint et colle son torse contre ma poitrine. Il dégage des mèches de mon front et me contemple silencieusement. Je vois que la fatigue l'emporte. Ses pupilles se rétrécissent. J'embrasse délicatement ses lèvres. Ses paupières se sont fermées, mais il a la bouche entrouverte comme s'il allait me dire quelque chose.

— Bonne nuit, mon chéri.

Il sourit et se met à fredonner en français :
« *Dans tes bras, je vois l'horizon,*
Un bout de chemin, de la passion,
Des nuits aux saveurs épicées,
De l'amour, un coup de foudre, je perds pied,
Dans un monde nouveau, je te guide,
Sur les hauteurs des pyramides,
Je te donne les secrets de mon cœur,
Comme un rêve en couleur. »

Il arrête de chanter et rouvre les yeux. Je suis touchée. Sa voix me fait toujours le même effet. C'est si beau qu'une larme s'échappe et roule sur ma joue.

— Donnant donnant, souffle-t-il. Je te l'avais promis.

Ce sont ces derniers mots avant qu'il voyage dans le pays des rêves. Je l'embrasse sur le front et le serre contre moi, m'emportant dans mon océan rose. Mon cœur déborde d'amour pour lui. Je chuchote contre ses lèvres :

— Je t'aime, Evan.

J'éteins la lampe de chevet et ferme les yeux. J'essaie de me remémorer les paroles de sa chanson. Cette chanson qui est à moi et qui m'appartiendra toujours. Je peux dormir paisiblement. Il est avec moi et il me protégera tout le temps.

Chapitre 10
You talk way too much
« Tu parles beaucoup trop »
(The Strokes)

Evan

Je me réveille d'un bond, le cœur qui bat la chamade. Je tâtonne ma main sur le matelas afin de trouver ma petite pomme dans cette obscurité. Je sens qu'elle s'agite. Elle vient de crier comme une hystérique. Encore un putain de cauchemar qui va la traumatiser.

Je caresse son épaule et penche ma tête en soufflant sur son cou. Elle tourne son visage vers le mien et d'un coup elle hurle :

— Oui ! Je le veux !

Elle me chevauche et m'embrasse partout sur le torse. Elle ne s'arrête pas. Elle semble avoir un sacré appétit. Oh ! Putain ! Ses mains s'emparent de ma queue durcie sous l'effet de ses baisers explosifs. Eh bien ! Si c'est ce qu'elle désire… pourquoi pas ! Ça me décompressera de la soirée de merde que je viens de passer.

— Oui, je veux t'épouser !

Mon pouls s'accélère. Elle est en train de rêver que je la demande en mariage. Je ris. Pourquoi rêve-t-elle de ça ? C'est un projet que je pourrais réaliser avec elle dans quelque temps, même si j'avoue que je n'y ai pas encore pensé.

Je plonge mes mains dans ses cheveux lorsqu'elle se met à me sucer divinement. Je grogne et je n'ai qu'une envie, c'est de voyager avec elle. Je ne sais pas si je dois la réveiller. Je trouve cette situation hyper frémissante.

— Fais-moi l'amour, murmure-t-elle en levant la tête.

Elle m'embrasse avec fougue. Ses lèvres fiévreuses m'électrisent. J'empoigne ses hanches et la retourne contre le matelas. J'effleure mon torse contre ses seins pendant que j'explore tendrement sa bouche. Toutefois, elle me semble plus déchainée que moi. Elle agrippe ses jambes autour de mon bassin et plante ses ongles dans mon dos ce qui me fait crier.

Je l'embrasse de nouveau, mais elle ne bouge plus. Sa respiration est saccadée. Je crois bien qu'elle vient de se réveiller. Merde !

— Evan ! Mais… qu'est-ce que tu fais sur moi ?

J'ai envie de lui dire de se rendormir, mais je chuchote près de sa bouche :

— Tu viens de me demander de te faire l'amour.

— Mais non ! Je ne t'ai rien demandé.

Je grogne, frustré. Dommage, j'aurais bien profité de ce petit corps de rêve.

Je me redresse et allume la lampe de chevet. Elle cligne des paupières et me regarde étrangement.

— Je n'ai rien fait moi ! C'est toi, dis-je afin de prendre ma défense. Rendors-toi.

Je souris en haussant les sourcils.

— Je t'ai demandé de me faire l'amour ?

— Ouais… tu es un bon réveil.

J'attrape ma montre posée sur la table de chevet. Il est 6 h 15. Pour un dimanche c'est un peu tôt, mais si elle me réveille chaque fois de cette façon, je suis partant.

— Et donc tu as profité de la situation ? m'interroge-t-elle en croisant les bras.

— N'importe qui se serait laissé faire non ?

Elle rit et ramène la couverture sur elle. Ce n'est pas la première fois qu'elle m'appelle dans son sommeil. Je me souviendrais toute ma vie de la nuit que l'on a passée à Sacramento. « Laisse ça dans mes rêves », m'avait-elle chuchoté. J'ai réalisé ce qu'elle voulait. Ce que je voulais également. Je ne pouvais plus résister. Et même si j'ai couché avec pas mal de nanas, je savais qu'Aileen était différente de toutes les autres, car dès le départ, j'ai ressenti un coup de foudre. Ça ne m'était jamais arrivé.

J'attrape la couverture et la jette au sol. Hors de question qu'elle me cache ses trésors.

— Evan ! Remets-la ! J'ai froid... et j'ai envie de dormir.

Le « j'ai envie de dormir » me semble faux. Je m'allonge complètement sur elle en dévorant sa poitrine. J'agace ses tétons en tournoyant ma langue tout autour. Je l'entends gémir.

— Je vais te servir de couverture. Et dans deux minutes, tu auras le corps en feu.

Elle se met à me chatouiller sous les bras. Les rires emplirent la chambre. Nous roulons sur le matelas en nous embrassant. J'adore ce petit jeu. La voir heureuse est tout ce qui m'importe. En position de dominateur, je dégage ses cheveux de son front et admire son merveilleux visage de poupée. Elle se mordille la lèvre inférieure. Mais dans quelques minutes, c'est moi qui vais la croquer et la déguster sans relâche.

J'aventure ma tête dans son cou pour sentir l'odeur qui me rend dingue et je lui souffle au coin de l'oreille :

— Moi aussi, je le veux. Un jour... je te le promets.

Elle me pousse de ses petites mains et me regarde en prenant un air dubitatif.

— De quoi, toi aussi tu veux ?

Je reste silencieux. Ce n'est pas aujourd'hui que je la demanderais en mariage. Mais j'y songe, parce que je sais qu'elle est toute ma vie. Quand j'ai demandé la main à Kristen, c'était simplement pour me faire croire que notre amour pouvait résister à toutes les maladresses que j'avais commises dans le passé. Mais je dois avouer que je ne l'aimais plus autant qu'à nos débuts. Aileen est arrivée au bon moment et m'a ouvert les yeux sur un avenir que j'aurai sûrement regretté. Kristen n'était pas faite pour moi et je n'ai même pas ressenti de chagrin lorsque l'on s'est quittés. Non, parce qu'Aileen était là et j'avais trouvé ma petite perle.

— Quelque chose que tu veux également, je susurre en promenant ma bouche sur son buste.

— J'ai parlé dans mon sommeil ?

Je continue d'explorer son corps sans lui répondre. Ça l'énerve. Je sens son cœur qui bat rapidement et sa peau devient moite.

— Evan !

— Aileen !

Je me moque d'elle. J'aime bien la rendre folle. Cependant, elle a décidé de ne pas se laisser faire. Elle se débat et plante ses dents dans mon bras. Quelle sauvage !

— Hum… Si tu veux te la jouer diablesse, j'accepte. Ça m'excite encore plus.

Elle vient de réveiller le démon qui est en moi. La température de mon corps s'élève. Je la retourne. Elle a un putain de cul délicieux. Je la ramène à moi afin qu'elle se positionne à quatre pattes. En enroulant sa longue chevelure autour de ma main, je lui chuchote :

— Tu parles beaucoup trop quand tu dors, mais là maintenant, c'est moi qui prends le contrôle. Tu n'aurais pas dû me mordre.

Son cœur s'accélère. Le mien également. Elle peut me réveiller autant de fois qu'elle le veut, mon humeur ne sera que meilleure pour la journée.

Chapitre 11
What ever happened
« Peu importe ce qui est arrivé »
(The Strokes)

Aileen

Quand je me suis réveillée, Evan était allongé sur moi, prêt à me faire l'amour. Je pensais que j'étais en train de faire un rêve érotique, mais les va-et-vient de son doigt déchainé dans mon intimité m'ont rappelé à la réalité. Une fois de plus, je l'ai interpellé dans mon sommeil. Ça m'arrive souvent ces temps-ci. Je me demande s'il me dit tout ce que je raconte. Malheureusement, je n'en ai pas l'impression. Il aime faire planer le doute. Evan est joueur et ça, je l'ai toujours su. Il a continué à m'explorer et j'avoue que je me suis laissé envahir par cet acte érotique. Une bonne dose d'adrénaline pour bien commencer la journée. Impossible de refuser ce plaisir.

Depuis quinze jours, je le vois rarement. Nous sommes revenus à New York dans une atmosphère légèrement tendue. Les enquêtes se poursuivent concernant les événements qui se sont produits à la salle de concert. Toutefois, comme le feu a été considérable nous restons encore dans le brouillard. Evan passe ses journées au studio afin de recoller les morceaux de toute la perte de son matos. Pendant ce temps, je peins, j'étudie et je vais parfois rendre visite à Emma. Jedi me suit partout quand je sors. J'imaginais qu'elle serait envahissante, mais elle est tout le contraire. Bon, elle ne m'adresse jamais la parole et pour tout dire, ça me va comme ça.

Je me lève du canapé et mords dans une pomme en me dirigeant vers la cuisine. Je la trouve très jolie et fonctionnelle. Elle est dans les tons noir et rouge. Le plan de travail qui se situe en plein milieu de la pièce est immense et comme ce soir Evan m'a dit qu'il ne reviendrait pas trop tard, j'ai pensé lui concocter un délicieux repas. La plupart du temps, nous nous faisons livrer des plats, mais j'ai envie de lui montrer que je sais cuisiner. J'ai de la chance d'avoir un papa cuistot qui m'a appris de belles choses pendant mon enfance.

Au moment où j'ouvre le frigo, mon téléphone se met à sonner dans la poche arrière de mon jean. Justement, en parlant du loup…

— Salut, papa ! Comment vas-tu ?

— Ça pourrait aller mieux, répond-il d'une voix mélancolique.

Mon cœur se compresse. Je n'aime pas ça du tout.

— Pourquoi ? Que t'arrive-t-il ?

Je sors de la viande hachée du frigo ainsi que du coulis de tomate. Je mords une dernière fois dans ma pomme et jette le reste dans la poubelle.

— Moi, rien… C'est ta sœur. Elle veut prendre son envol et…

Je ne lui laisse pas le temps de finir sa phrase :

— Son envol ? Partir de la maison tu veux dire ?

— Oui… partir de la maison pour vivre avec Sacha, soupire-t-il.

Je secoue la tête instinctivement. Je n'y crois pas ! Elle le connaît à peine. Bon, je suis mal placée pour dire ça, mais elle ne devrait pas se précipiter. Elle est trop jeune.

Je referme le frigo et pose ce que j'ai dans les mains sur le plan de travail.

— Et qu'est-ce que tu lui as dit ?

— Tu sais, Aileen, je suis fatigué. Je passe mon temps à lui faire la leçon sur les dangers de la vie, mais j'ai l'impression qu'elle est plus bornée que toi. Quoi que je dise, elle ne m'écoute pas. Alors, je la laisse faire ce qu'elle désire. Peut-être qu'elle s'apercevra d'elle-même de ses erreurs.

Je lâche un énorme soupir avant de sortir un couteau du tiroir. C'est vrai que mon père a tendance à être agaçant de nous surprotéger, mais sur ce coup-là, je trouve qu'il a raison. Shelly n'est pas prête à faire sa vie maintenant.

Je dépose mon couteau sur le plan de travail et m'assieds sur un des tabourets en cuir noir.

— Je vais lui en toucher un mot. Peut-être qu'elle m'écoutera. Je ne promets rien, mais je vais lui faire comprendre qu'elle peut attendre.

— Je ne sais pas si ça changera grand-chose. Je dois me faire à l'idée que vous n'êtes plus des bébés.

La peine se ressent tellement quand il me prononce ces mots. Je sais ce qu'il manque à mon père : une femme qui le rendra heureux. Depuis que ma maman est partie, il n'a jamais pris le temps de penser à lui. Sa priorité, c'était ma sœur et moi, mais il est temps que ça change. Ça ne sera pas facile de voir mon père avec quelqu'un d'autre, mais il a besoin de retrouver le bonheur.

— Tu devrais sortir papa et rencontrer des nouvelles personnes. Ça te fera le plus grand bien. Tu ne vas pas rester seul toute ta vie.

— Oh non ! Hors de question, grogne-t-il.

Il a haussé si fort la voix que j'ai eu l'impression que mon téléphone allait exploser.

Je le replace sur mon oreille en faisant une grimace, de peur qu'il m'arrache une nouvelle fois les tympans.

— Je n'ai pas la tête à ça. Et de toute façon, qui voudrait d'un vieux crouton comme moi ? J'ai passé l'âge.

— Bon OK, tu es un vieux crouton grincheux, mais il n'y a pas d'âge pour trouver l'amour, papa. Enfin… retrouver l'amour je veux dire. Tu le mérites tellement.

Il se met à rire. Je l'imite.

— Tu sais que je ne peux pas m'empêcher de vouloir vous protéger.

— Je sais.

Cette phrase, je l'ai entendue plus de mille fois.

Un ange passe. Je décide de briser ce silence en changeant de conversation :

— Evan m'a promis que l'on passera bientôt te voir.

— C'est une bonne idée de sa part, mais préviens-moi avant, car en ce moment j'ai pas mal de boulot. D'ailleurs, le temps m'appelle. Prends-soin de toi et fais attention quand tu sors. Je n'ai pas l'esprit tranquille depuis qu'il y a eu cet incident à Austin.

— Moi non plus, papa, mais Jedi veille sur ma sécurité. Ne t'inquiète pas. À bientôt. Je t'aime.

— Je t'aime, ma prunelle.

Il raccroche et moi, je sanglote. Qu'est-ce que j'aimerais qu'il soit près de moi. Rien ne le retient à Seneca Falls, hormis ma sœur. Je suis certaine qu'une nouvelle vie lui ferait le plus grand bien. Il pourrait trouver facilement un job dans la restauration à New York. Ce n'est pas ce qui manque ici.

Le téléphone en main, je jette un œil sur les réseaux sociaux. Chose que je n'aurais pas dû faire. Mon cœur fait un bond périlleux dans ma poitrine.

Dites-moi que tout ceci est un cauchemar !

Une photo d'Evan et moi en train de nous peloter. Sa main en gros plan sous ma jupe. Et une autre qui montre qu'il est avec une blonde dont on ne voit pas son visage. Qu'est-ce que c'est que ce bordel ? La rage monte en moi. Et puis comme si ça ne suffisait pas, il y a un article qui agrémente le tout :

Evan Swain est de nouveau tombé dans l'infidélité. Que se passe-t-il dans la tête de notre rock star ? Est-il déjà lassé de sa relation avec cette jeune étudiante qui le suit partout lors de ses tournées ? Il semble l'avoir oubliée dans les bras d'une autre femme dont nous ne connaissons pas son identité pour l'instant. Affaire à suivre...

Je me lève d'un bond. Je fulmine. J'ai envie de frapper de mon poing dans le mur. Evan doit bien avoir une bonne explication à ça. Non ! La photo me montre bien qu'il me trompe. Mais ce n'est pas vrai ! Pourquoi me fait-il ça ? Je pensais qu'il m'aimait. Suis-je simplement un joujou de plus dans sa collection ? Je n'arrive pas à y croire. Pourtant, tout ce qu'il me dit semble tellement sincère. S'est-il lassé de moi comme vient de le dire ce putain de réseau de merde ? J'en ai ma claque. Tout ceci ne peut plus durer. J'ai l'impression que l'on fait tout pour détruire ce que l'on a construit. Evan et moi c'est fini. Il a tout gâché. Tout est sa faute. Pourquoi ? Qu'est-ce que j'ai fait ? Le rêve est terminé. Je ne veux pas y croire. Non ! Mais cette photo...

Je cours jusqu'à ma chambre en pleurs. J'attrape ma valise furieusement en la claquant sur le matelas. Je fais tomber tous mes vêtements à terre qui se trouve dans la garde-robe et je les fourre dans ma valise sans les plier. Chiffonnés comme moi. Je ne sais pas si je m'en remettrai. J'y croyais tellement. Il faut être réaliste, un amour comme celui-ci ne peut pas être possible.

Réveille-toi, Aileen !

Au moment où je sors de la chambre, je percute le torse de mon beau brun. Non, il n'est plus mon beau brun. Il est celui de la nouvelle greluche blondasse.

Je baisse le regard au sol. Accompagnée de ma valise, je me fraye un passage sur ma gauche pour l'esquiver. Le fuir aurait été trop facile. Il chope mon poignet et soulève mon menton en plongeant ses pupilles noir ébène dans les miennes.

Je vais faire un meurtre.

Je hurle :

— Dégage ! Tu viens de détruire ma vie sale...

Il plaque ses lèvres sur les miennes pour me faire taire. Toutefois, ma colère est tellement immense que je lui flanque une gifle monstrueuse. C'est certain, il en aura la marque.

Il crie à son tour :

— Arrête, Aileen ! Je sais ce qui te met dans un tel état. Je l'ai vu comme toi. Tu...

— Tu viens de tout détruire ! je le coupe. Laisse-moi partir !

Le sang bout dans mes veines.

— Je ne la connais pas cette fille.

— Non, tu ne la connais pas et tu t'es permis de l'embrasser. Bravo ! Je te félicite !

J'applaudis avec un large sourire. Mais ce large sourire n'en est pas un. J'ai plutôt envie de le gifler de nouveau.

Il passe sa main dans ses cheveux et soupire longuement. Le fait-il exprès de se lécher se lèvre inférieure ? Son petit manège ne fonctionnera pas. Pas cette fois-ci. Je ne suis plus sa distraction.

— Vis ta vie… sans moi, Evan.

Et c'est reparti ! Je fonds en larmes ! Quelle pauvre idiote d'avoir cru à toute cette magie ! Une magie ensorcelée, c'est ça le sort que l'on m'a jeté.

— Tu n'iras nulle part, Aileen ! gronde-t-il en ne laissant aucun espace entre nos corps.

Son parfum de luxe navigue jusqu'à mes narines. Je peux résister ! Il vient de me tromper. Ses yeux sont chargés de colère. C'est sa faute. Il devrait s'en prendre qu'à lui-même.

— Tu crois tout ce qui est dit sur les réseaux sociaux, n'est-ce pas ? Tu veux vraiment me quitter ?

Je déglutis. Son regard sombre me fait peur. Toutefois, j'arrive à m'exprimer :

— Comment veux-tu que je te fasse confiance, Evan ! La photo montre bien que…

— C'est une photo trafiquée. Bon sang, Aileen ! Combien de fois vais-je te le dire ? À ce que je sache, je t'ai assez avoué mes sentiments ! Tu préfères donc les croire eux que moi ?

Mon corps tremble et les larmes n'en finissent plus. Tout est confus dans ma tête. Il jure et ferme les poings en faisant les cent pas dans la chambre. Et moi je reste immobile, sans rien dire.

— Je t'ai dans la peau et également sur la peau. Tes initiales sur mon poignet représentent énormément pour moi. Jamais je ne m'amuserais à te tromper, tu es trop importante à mes yeux et ce tatouage montre la sincérité de mon amour pour toi. Regarde bien la photo. Tu

comprendras vite. On voit que c'est faux. Putain, Aileen !
Fais-moi confiance, merde !

Mon cœur se serre. Il est vraiment fâché. Mes larmes
coulent de plus belle. Qu'est-ce que je viens de faire ? Il
a raison. J'ai été pris dans les filets des réseaux sociaux.
Pourtant, je sais que tout ce qui est dit est faux, qu'on essaie
de tout faire pour que notre couple se détruise. Oh ! Mon
Dieu ! Je m'en veux. C'est moi qui viens de tout gâcher.

— Je vais te le prouver une fois de plus, déclare-t-il
en sortant son téléphone de sa veste en cuir. Si tu ne
comprends pas le message, alors cela voudra dire que je
suis un pauvre con qui te rend la vie difficile.

— Mais, non ! Je ne pense pas ça ! Comprends-moi ! Je
découvre ça en allant sur les réseaux. Comment veux-tu
que je me sente ?

Je tremble et j'ai mal au ventre.

— Je vais te prouver mon amour maintenant. Te perdre
me briserait le cœur à tout jamais.

Mes joues me picotent. Il pianote sur son téléphone et
se met à parler en plaçant correctement son visage devant
l'écran. Mais qu'est-ce qu'il fait ?

— Bonsoir, chers fans. Je ne publie jamais de vidéo en
direct, mais ce soir, j'ai une annonce officielle à faire et je
voulais que vous en soyez témoin.

Mon cœur bat la chamade. Il s'exprime calmement alors
que je sais qu'il est toujours aussi énervé. Le timbre de sa
voix est plus grave qu'habituel.

— Je m'adresse aux petits malins qui ont diffusé des
photos à mon sujet. Vous essayez de foutre la merde
dans ma vie, mais votre petit jeu ne fonctionnera pas.
Depuis sept mois, j'ai une perle précieuse qui illumine
mes journées. La première fois que je l'ai vue, j'ai eu ce

coup foudre qui ne s'explique pas. Ça te tombe comme ça du jour au lendemain et depuis, je suis raide dingue de cette fille. Je ne pourrais pas imaginer un seul jour sans elle. Elle est ma muse, ma petite pomme, mon âme sœur et jamais je ne laisserai quelqu'un nuire mon couple. Alors pour lui prouver mon amour, je vais lui avouer ce qu'elle a mentionné il y a peu de temps.

Il arrête de parler pour m'observer. J'ai la bouche grande ouverte. Qu'est-ce que j'ai dit ?

Ferme la bouche, Aileen ! Tu dois être ridicule !

Il reprend :

— Ce que j'aime le plus, c'est la regarder dans son sommeil. Et parfois, elle m'appelle ou elle murmure des choses qui me font sourire.

Oh ! Mon Dieu ! Il ne va quand même pas dire que je lui ai demandé de me faire l'amour ? La honte !

Il s'approche plus près de moi et prend ma main dans la sienne. Je me laisse faire. Il continue son discours :

— Il y a peu de temps, je ne lui ai pas dévoilé ce qu'elle avait mentionné. J'ai gardé ce secret pour moi, car je me suis dit qu'un jour je réaliserai son rêve. Mais aujourd'hui, j'ai envie de le faire, lui prouver que je ne peux pas me passer d'elle.

Il s'adresse à moi :

— Aileen, je le veux aussi. Je veux t'épouser.

Mon cœur rate un battement. Je vais m'évanouir. C'était donc ça mon aveu !

— Marions-nous, ma petite pomme.

Je continue de pleurer, mais ce coup-ci ce sont des larmes de joie. J'ai envie de me frapper parfois. J'ai cru à ce qui avait été dit sur les réseaux alors que la vérité est devant moi.

— Acceptes-tu de m'épouser ?

— Quoi ?

— Veux-tu m'épouser, répète-t-il.

Il lâche ma main pour la poser sur ma taille et me serre contre lui. Une bouffée de chaleur m'envahit. Les larmes brouillent la vision. Me marier ! Oh ! Mon Dieu ! J'ai dû mal à y croire. C'est du rapide, mais je m'en fiche. C'est la plus belle des promesses d'amour. Je ne veux pas le perdre.

— Pardon… Pardon, Evan. Oui, je te veux toi.

Il me gratifie d'un immense sourire. Un sourire qui rendrait dingue n'importe quelle fille sur terre. Nous basculons sur le lit. Sa bouche s'abat sur la mienne et sa langue s'enroule autour de la mienne. Notre baiser est aphrodisiaque, empli de douceur et de tendresse. Et dire que j'allais partir… Mais quelle cruche ! Jamais je ne renoncerai à cette vie, même si ce n'est pas toujours simple.

Il met fin à notre baiser. Son regard s'ancre dans le mien et ses pupilles sont noyées de larmes. La plus belle déclaration de tous les temps. Aileen Wiley deviendra Aileen Swain. C'est vraiment… waouh !

— Je t'aime, Aileen.

— Je t'aime, Evan.

Avant qu'il reprenne possession de ma bouche, je fais les gros yeux en apercevant le téléphone toujours pointé sur nous.

Je montre l'objet en question en criant :

— Evan ! Éteins-le !

Il réprime un éclat de rire et le balance sur le lit. Ses mains plaquées sur mon visage, il m'offre un sourire à tomber raide à terre.

Je le regarde avec suspicion et demande :

— Tu l'as fait exprès ?

— Un peu ouais.

Et comme à chaque fois que je veux protester, il sait comment s'y prendre pour me faire oublier. Il écrase sa bouche contre la mienne. Nos lèvres brûlent de désirs. Et mon cœur se met à voyager très loin.

***

— Merci, Mila. Je te laisse, je suis occupée. Bisous.

Je raccroche, le sourire aux lèvres. Bon, je ne suis pas vraiment occupée, mais Evan est derrière moi, m'enlaçant et m'offrant une panoplie de baisers dans la nuque. Je n'arrive pas à me concentrer sur autre chose. Depuis que j'ai mentionné le fameux « oui », il ne me lâche plus. Ça fait une heure que je suis bombardée de messages et d'appels de mes amis qui ont appris la nouvelle grâce à la diffusion de sa vidéo. Je pensais qu'Emma aurait ramené son grain de sel, mais elle était heureuse pour nous. J'avoue que c'est précoce. Il faut vraiment que je m'habitue à la vie de star. J'ai l'impression de vivre un marathon parfois. Mais, le plus important c'est qu'il vient de me prouver son amour et que l'on est toujours ensemble. Et puis, je n'ai pas battu le record comme certaines stars qui au bout de trois jours se marient… et divorce deux semaines plus tard.

Je me retourne pour lui faire face et plonge mes doigts dans ses cheveux en admirant sa bouille radieuse. Je fais la grimace en apercevant la marque de ma main sur sa joue.

— Je n'ai pas été très sympa. Je vais devoir réparer mes erreurs, minaudé-je avant de caresser son visage.

— Ouais… ce n'était pas sympa du tout. Ma future femme est une sauvage, ironise-t-il en glissant la bretelle de mon débardeur sur mon épaule.

Je glousse et l'embrasse avant d'attraper le couteau qui est posé sur le plan central.

— Lâche ce couteau, m'ordonne-t-il en retirant la ceinture de son jean. Ce n'est pas au programme que tu cuisines.

Je sursaute quand il la fait claquer sur le tabouret. Ses yeux sont brillants.

— Tu ne vas pas me frapper à coup de ceinture ?

— Je ne sais pas… à toi de me le dire, petite pomme.

Je sais qu'il ne le fera pas. C'est simplement pour me montrer qu'il veut me dominer.

Il penche sa tête vers la mienne. Son souffle chaud balaye ma nuque. Et d'un coup, il éjecte tout ce qui encombre le plan de travail. Il me soulève afin que je m'asseye dessus.

— Tu te souviens que je dois préparer des lasagnes ?

— Je m'en fous des lasagnes… c'est toi mon repas, grogne-t-il en se déchaussant.

Il déboutonne lentement sa chemise, ce qui a le don d'affoler mon cœur. Je suis prise au piège. J'ai bien l'impression que ce n'est pas encore ce soir que je vais lui montrer mes talents de chef. Mais comment résister ? Sa nudité qui s'offre à moi me met dans tous mes états. J'ai une folle envie de glisser mes lèvres partout sur ce corps incroyablement sexy.

— Tu ne crois pas que l'on devrait aller dans notre chambre ? Ce n'est pas tellement confortable ici.

— On a bien fait pire. Souviens-toi… les toilettes. Ce n'était pas très sain quand on y repense.

Je plaque ma main sur ma bouche en riant. C'est vrai ! Comment ai-je pu faire une chose pareille ? Ah oui ! L'alcool m'a aidée ! Ma redoutable amie !

Il ramène mon bassin au bord du plan central. Ses lèvres brûlantes se posent partout dans mon cou. Les poils de mes avant-bras se hérissent. Ses mains se faufilent sous mon débardeur et il libère mes seins qui étaient emprisonnés dans mon soutien-gorge.

— Mes joujoux préférés, chuchote-t-il, le sourire malicieux.

Il fourre sa tête sous mon débardeur et agace mes tétons en les mordillant. Mon envie de rejoindre la chambre s'éloigne. Ses baisers sur ma poitrine attisent mon désir. J'en veux encore plus.

— Tu es vraiment délicieuse. Tu es parfaite, Aileen.

Il sort sa tête de mon débardeur et capture mes lèvres.

— Tu veux me faire rougir ?

— Oui, tu vas devenir rouge écarlate par ce que je vais te faire.

Je crois bien que je suis déjà rouge ! Ses mots me font fondre ! Et ma culotte s'inonde complètement.

Je lève les bras pour ôter mon débardeur et j'encercle son visage entre mes mains. Mes lèvres englobent les siennes dans une passion charnelle. Ses doigts fébriles cherchent le bouton de mon jean et quand il parvient à le défaire, je soulève les fesses afin qu'il me retire mon pantalon.

— Vraiment mignonne cette culotte, dit-il en jouant avec les laçages qui se trouvent sur chaque côté.

Je ricane. C'est la dernière folie que j'ai achetée en me promenant dans le centre-ville de Brooklyn. Je savais que ça allait lui plaire. J'ai choisi noir, car c'est sa couleur favorite.

— Mais elle ne va pas rester longtemps sur toi. Tu permets ? me demande-t-il en défaisant les nœuds.

— Pas besoin de me demander la permission. Fais-toi plaisir.

Plus de tissus m'embarrassent. Ma culotte se retrouve à terre très vite. Je suis nue face à cet homme qui est prêt à me dévorer. Le contact de sa peau bouillante contre la mienne m'enivre comme dans un cocon. Son index glisse dans mon intimité trempée. J'écarte un peu plus les cuisses pour mieux sentir son doigt qui plonge en moi. En gagnant de la profondeur, j'étouffe mes cris dans le creux de son cou. Une énorme vague de plaisir déferle en moi. J'ai chaud et je me sens bien. Je plane, droguée par son amour, par sa folie qui le possède. Je suis au bord de l'orgasme. Mais il s'arrête. Oh ! Non ! Pas maintenant ! Il ne va pas me faire ça !

Je lui lance un regard assassin.

— Je te fais jouir ou pas ? Je me tâte, hausse-t-il les sourcils.

— Si tu ne le fais pas, je te frappe à coup de ceinture !

— C'est excitant ce que tu me dis, mais non… je n'ai pas envie de me faire fouetter.

— Pourquoi ? Ça peut être amusant.

Je bats des cils. C'est ma superbe tactique pour l'amadouer. Il ricane. Je ne pense pas que ça l'intéresse. Zut !

— Non, petite pomme. Franchement, ça… je ne peux pas. Et puis, je n'aime pas la violence. On peut se faire plaisir bien mieux que ça. N'est-ce pas ?

Il joue des sourcils. Il fait allusion à notre dimension.

— C'est vrai, avoué-je. Mais pas de jeu. Fais-moi vibrer, s'il te plaît.

— Pas de jeu, répète-t-il calmement. J'ai trop envie de toi ce soir.

Je vais pleurer. Quel bonheur ! Je n'arrive pas à définir l'amour que j'ai pour lui tellement il est fort.

Il me sourit en coin et continue de m'explorer en caressant ma poitrine. Ses pupilles brûlent d'excitation. Il attrape son sexe et lentement le coulisse dans le mien complètement trempé. Millimètre par millimètre, je le sens s'enfoncer en moi. Je halète, submergée par les émotions. J'enroule mes bras autour de son cou et me laisse aller à ses coups de boutoir. Sa langue plonge dans ma bouche férocement. Ça me rend dingue. Je l'entends grogner quand il accélère. En mettant fin à notre baiser torride, je mords dans son épaule, plante mes ongles dans son dos comme une sauvageonne. Plus rien autour de nous n'existe. Je m'évade dans les airs pour atteindre le ciel rempli d'étoiles scintillantes. Chaque nouveau coup de reins m'inonde de plaisir, d'une frénésie que je ne saurais pas définir. Son prénom franchit mes lèvres, résonnant dans l'appartement. Je me sens planer par ses assauts sensuels et sa bouche exquise qui dévore ma poitrine sans relâche.

— Je t'aime, Aileen. Putain, tu me rends fou.

— Tu me rends folle aussi.

Nos mouvements s'harmonisent divinement, prouvant l'amour qui nous enivre. Evan a ce pouvoir qui fait vibrer mon corps en un coup d'éclair. Jamais je n'ai ressenti ça de toute ma vie. Je pleure, mon âme emplie d'émotions extrêmement fortes. Je suis au bord de l'orgasme, dans un autre monde, le nôtre, si beau et passionnel.

— Je vais jouir, putain, lâche-t-il en accélérant davantage le rythme. Jouis avec moi, petite pomme. Emportons-nous à deux en même temps.

Mon intimité se contracte frénétiquement autour de son sexe. Je continue de crier, le corps chaud comme de la braise. Les yeux dans le vague, le plaisir me submerge et me renverse. Il s'abandonne également dans le feu de son action, trempé de sueur.

Son front collé contre le mien, il essaie de reprendre une respiration plus dense. Pendant quelques secondes, nous restons comme ça sans rien nous dire. Puis, nos regards se croisent, emplis de bonheur et d'amour. Nos bouches se pressent l'une sur l'autre. Nos baisers me font de nouveau planer.

— Je crois qu'on est partis jusqu'à demain matin, ma chérie. Je ne veux pas quitter ton corps.

— Moi non plus.

Il me porte et m'emmène jusqu'à notre chambre où il me dépose délicatement sur le lit. Nous nous glissons sous les draps. Il m'enveloppe dans ses bras. Une nouvelle nuit d'amour s'offre à nous. Et je sais que je peux dire adieu aux lasagnes !

Chapitre 12
Father Electricity
« L'électricité du père »
(The Voidz)

Aileen

— Ma prunelle ! Comme je suis heureux de te voir, sanglote mon père.

Il m'étreint.

— Moi aussi, papa ! Tu me manques tellement !

Les retrouvailles me font toujours pleurer et souvent ça se manifeste deux fois. En arrivant et en partant. Je suis une vraie fontaine !

— Entrez ! Ne restez pas sur le palier.

Evan serre ma main dans la sienne en rentrant dans la maison de mon enfance. Depuis deux semaines, je vis un rêve. Chaque jour, une surprise éblouit mes yeux : des fleurs, du matériel pour peindre, de la lingerie sexy, des livres écrits en français ou des petits mots bien sympathiques posés sur l'oreiller dès qu'il part au studio. Il s'est excusé plus de mille fois de ne pas m'avoir offert une bague de fiançailles. À vrai dire, je m'en fiche un peu. Tout ce qui compte, c'est lui. Simplement sa présence et son amour.

Sur les réseaux sociaux, c'est l'euphorie. Je vois des photos d'Evan et de moi partout. Des commentaires plus ou moins agaçants. Nous n'avons pas encore planifié la date du mariage. On en a parlé vaguement. Tout ce que je sais, c'est qu'il désire le célébrer en petit comité et loin d'ici.

Nous entrons. Comme un gentleman, mon amoureux me débarrasse de ma veste et l'accroche au portemanteau. Il a un sourire d'ange. Je ne vois pas l'ombre d'un regard espiègle dans ses iris, mais je ne suis pas certaine qu'il résistera à être sérieux tout le long du déjeuner. Evan peut être sage en ayant des idées perverses qui lui traversent l'esprit. Et quand son petit démon intérieur surgit, on ne peut plus l'arrêter. Toutefois, je préfère qu'il reste raisonnable face à mon père. Il nous a déjà surpris une fois dans une situation embarrassante, le jour de l'exposition de peinture de ma sœur. C'est suffisant.

Une odeur de cannelle chatouille mes narines quand je m'aventure dans la cuisine. Mon père sort un cake du four et le pose sur la table ronde en bois massif. C'est un gâteau qu'il confectionnait souvent dans mon enfance, un de mes préférés.

— Tu veux un coup de main, papa ? demandé-je en naviguant mes yeux autour de la pièce.

Il semble débordé. La gazinière est encombrée de casseroles. Le plan de travail ressemble à un étalage de fruits et légumes.

— Ne t'occupe pas de ça. Je gère. J'ai l'habitude. Attendez-moi dans la cuisine, je n'en ai plus que pour cinq petites minutes.

Je lève les yeux au ciel. On dirait qu'il a préparé un festin pour toute la ville.

— Tu as fait un repas de communion. Ce n'était pas la peine de…

Il me coupe :

— Je suis sûr que Julian a bon appétit. Il n'en restera plus une miette.

Evan sourit de toutes ses dents, d'un blanc immaculé. Quand va-t-il comprendre qu'il fait erreur sur son prénom ?

Nous entrons dans le salon. Mon père a dressé une table décorée d'une nappe rouge, surchargée de toasts et de petits canapés appétissants.

— Merci de m'avoir emmené ici, Evan.

Il me caresse la joue. Hier soir, il m'a demandé de préparer ma valise pour le week-end. Il n'a jamais mentionné la destination de notre excursion. C'est à mi-chemin que j'ai compris que nous venions voir ma famille. Changer d'air. J'en ai tellement besoin ces temps-ci.

— Je ferais tout pour te rendre heureuse et…

Et ? Il laisse sa phrase en suspens et chope un toast au saumon. Sans me lâcher du regard, il croque dedans. La façon dont il le mâche me donne un coup de fouet dans ma poitrine. Et dans mon intimité… Très provocateur !

— Ouvre la bouche, sourit-il.

Je savais que son côté ange allait disparaitre très vite. Ses yeux me lancent un défi, celui d'entrer dans son jeu. Et le pire, c'est que j'ai envie de jouer.

J'obtempère et le mâche lentement comme il vient de le faire. Il grogne.

— Tu veux que je te prenne sur cette table ? Tu devrais faire attention à ne pas m'aguicher. Je suis capable de tout, me lance-t-il en posant sa main sur ma cuisse.

Il soulève ma jupe. Je frémis en sentant ses doigts remuer sur ma peau.

— Vous êtes un manipulateur, monsieur Swain. Ce n'est pas moi qui ai commencé.

Il ricane.

— Tu fais tout pour me provoquer, murmuré-je en approchant mon visage du sien.

Nous ne nous lâchons pas du regard. Son sourire me fait complètement fondre.

— Tu aimes ça. Avoue-le !

J'insiste :

— Manipulateur !

Il glisse une main dans mes cheveux tandis que l'autre se dirige lentement vers son endroit préféré. Il pose ses lèvres chaudes sur les miennes.

— Donc, tu ferais tout me rendre heureuse et ?

— Et recevoir une récompense, hausse-t-il les sourcils. J'ai envie que tu me fasses de belles choses avec ta bouche.

Mon père entre dans le salon, tenant une bouteille d'alcool dans chaque main. La chaleur me monte aux joues. Je pose ma main sur celle d'Evan afin qu'elle ne s'aventure pas vers ma culotte. Heureusement que la nappe nous cache. Je tourne la tête, admirant la tapisserie beige. Il va finir par croire que nous sommes des obsédés du sexe.

Bon, c'est vrai ! Nous sommes accros au sexe !

— Un petit whisky, Evan ?

Si je n'étais pas autant embarrassée, je féliciterais mon père de ne pas s'être trompé de prénom.

— Volontiers, répond Evan en frappant ma main.

Je sursaute et le regarde en fronçant les sourcils, mais il ne le capte même pas. Je suis foutue ! Il fourre sa main dans ma culotte. Je me racle la gorge pour l'avertir d'arrêter. Il m'ignore une seconde fois.

— Et toi, Aileen ? Un whisky aussi ?

Aucune réaction venant de ma part. Je déglutis lentement. Il fait trop chaud dans cette pièce. J'attrape une serviette en papier posée sur la table et la secoue devant mon visage.

— Aileen ? Tout va bien, chérie ? me demande mon père en me faisant signe avec sa main.

J'essaie de reprendre mes esprits convenablement.

— Non... non, pas de whisky, balbutié-je. Un jus d'orange ou de pomme fera l'affaire.

Ouais, je n'ai pas envie de danser sur la table ou faire un truc carrément fou devant mon père. Je connais assez l'effet que cet alcool a sur moi.

J'embrasse la joue d'Evan avant de lui retirer sa main de mon intimité et me lève.

— Je dois aller faire pipi, dis-je en lui tirant t la langue.

Je ris et trottine jusqu'au couloir. La porte d'entrée s'ouvre. Ma sœur et Sacha apparaissent devant moi, blancs comme des morts. Je reste figée à les contempler. Shelly se débarrasse de sa longue veste rose. Elle est vêtue d'une robe en dentelle noire qui lui arrive légèrement au-dessus des genoux.

Elle soupire et s'agrippe à mon bras en me faisant courir vers la cuisine. Son visage est encore plus pâle qu'il y a une minute.

— Tu me fais peur, Shelly ! Que se passe-t-il ?

Une larme coule sur sa joue. Au lieu de la consoler, je la secoue par les épaules et crie :

— Mais parle !

— Arrête de hurler comme ça !

— Alors, dis-moi ce qui te met dans un tel état, chuchoté-je, le cœur battant la chamade.

Elle pose sa main sur son ventre et s'exclame :

— J'ai envie de vomir.

Elle court jusqu'aux toilettes. J'attends derrière la porte en prenant un air de dégoût quand j'entends qu'elle se vide l'estomac. Beurk… Ça me laisse un pressentiment bizarre.

Elle se pointe devant moi, livide.

— Tu es enceinte ? demandé-je en la dévisageant.

Elle reste silencieuse, baissant les yeux au sol.

— Shelly ! Bon sang ! Ne me dis pas que c'est vrai ? Tu es réellement enceinte ?

Elle hoche la tête, les pupilles noyées de larmes.

— Vous ne vous protégez pas ?

— Mais si ! Qu'est-ce que tu crois ! On fait toujours attention.

Elle cache son visage entre ses mains en sanglotant. Je la prends dans mes bras afin de la consoler et lui murmure :

— Excuse-moi d'avoir crié sur toi. Je suis désolée. Que comptes-tu faire ?

Elle relève la tête. Ses lèvres se mettent à trembler :

— Le garder. Il est hors de question que l'on me parle d'avortement. Mais je ne sais pas comment je vais annoncer la nouvelle à papa. Il va me tuer !

Je ne suis pas certaine que mon père approuve sa décision. J'ai même peur qu'il fasse une crise cardiaque. Je n'imaginais pas ma sœur avec un bébé si jeune. J'ai bien envie de lui faire la leçon, mais vu son état, je préfère me taire. Elle a besoin de soutien.

— Écoute… On lui en parlera bientôt. On va réfléchir à tout ça. Il faut que l'on trouve les bons mots pour lui annoncer. C'est pour cette raison que tu veux vivre avec Sacha ?

— Oui et non. Il me l'a proposé plus d'une fois et avec ce petit bébé dans mon ventre, ma décision a été plus que réfléchie.

Je l'embrasse sur le front. Je n'arrive toujours pas à y croire ! Ma sœur sera maman avant moi !

— Sèche-moi vite ses larmes. Ils vont se demander ce que l'on fait.

Elle prend une grande inspiration. Ses yeux sont rouges et gonflés.

— Vas-y, je te rejoins. Il me faut encore cinq petites minutes.

— Très bien.

Je lui souris, l'enlace une dernière fois avant d'entrer dans le salon. Sacha s'est installé face à Evan et mon père offre à ses invités un monologue sur ses exploits de pêcheur. Carpes, brochets, leurres… vachement passionnant ! Ça me rappelle qu'il mettait des boites d'asticots dans le bac à légumes du frigo. Et une fois, la boite était mal fermée. Je ne raconte pas le carnage !

— Que fait Shelly ? me demande Sacha en prenant son verre de whisky.

Je n'ai pas le temps de répondre qu'elle apparaît en s'exclamant :

— Me voilà ! J'étais partie faire un petit pipi !

— On dirait que tu viens de pleurer. Tu es certaine que tout va bien ma chérie ? l'interroge mon père en fronçant les sourcils.

— Tout va bien, papa. Vraiment bien. Je suis simplement… enceinte !

Je me frappe le front. La diplomatie, Shelly ne connaît pas !

Silence complet. J'observe mon père qui ne semble pas réagir. Enfin, je suis sûr que son cerveau fulmine.

Il se retourne vers moi, les joues écarlates.

— Donc... je dois te proposer quelque chose comme ta sœur, un jus d'orange ou de pomme ?

— Non...

— Tu es enceinte aussi, Aileen ? Si c'est le cas, avoue-le-moi maintenant. Ça m'évitera de faire deux fois une syncope.

— Mais non, je ne suis pas enceinte ! C'est juste que... je ne tiens pas l'alcool.

Et pourquoi je me défends ? Je suis assez grande pour savoir ce que je veux faire de ma vie. J'aimerais lui dire, mais une fois de plus, je préfère me taire. Je vois bien qu'il bout de rage.

Tout doux, Aileen !

— Un bébé ! Il ne manquait plus que ça, gronde mon père.

Il se lève furieusement, fait valser sa chaise et sort de la pièce. Je fais les gros yeux à ma sœur. Je m'exprime tout bas :

— On avait dit qu'on allait réfléchir. Pourquoi lui as-tu lâché ça comme ça ?

— Ça fait plusieurs jours que je rumine et que je me sens mal. Au moins, c'est fait !

Je lève les yeux en l'air et hausse la voix :

— Peut-être, mais tu viens de gâcher la journée ! Tu aurais dû m'écouter !

Evan pose sa main sur mon dos et me caresse.

— Calme-toi, ce n'est pas grave, Aileen. Je suis certain que ton père va comprendre.

— On voit que tu ne le connais pas.

Je soupire, désespérée.

— Je vais essayer de le rassurer, dis-je en reculant ma chaise.

Evan secoue la tête.

— Ne remue pas le couteau dans la plaie. Il n'est pas prêt à entendre ton discours. Il faut lui laisser quelques jours. C'est un conseil.

Il me décoche un clin d'œil.

Il a raison. Il ne m'écoutera pas. Je vais encore plus l'énerver. La chance ne tourne pas rond en ce moment. Je crois que le week-end sera aussi tumultueux que les autres. Quelle misère !

***

Nous venons d'entrer dans notre chambre d'hôtel. La tension était palpable lors du repas. Mon père ne nous a presque pas adressé la parole et il est resté des heures dans sa cuisine. Nous avons évité de parler du « futur bébé ». Pour changer de sujet, Evan a vanté ses performances musicales et a parlé de ses futurs concerts. Malgré tout, je me suis régalée. Mon père avait préparé des coquilles Saint-Jacques et un filet de sandre à la crème agrémentée de pommes de terre duchesse. Dommage qu'il n'en ait pas profité.

— Je n'en reviens toujours pas que Shelly va avoir un bébé !

— Ce n'est pas la fin du monde, me répond Evan en dégrafant mon soutien-gorge. Il y a bien plus grave que ça, tu ne crois pas ?

Je prends un air contrit.

— Elle est jeune. Elle avait bien le temps pour ça. Et je ne suis pas sûre que mon père s'en remettra.

— Ça lui passera, fais-moi confiance.

Il me décoche un clin d'œil tout en me faisant basculer sur le lit. Il s'assied entre mes jambes et déboutonne lentement sa chemise. J'en salive.

— Quand le bébé sera là, il sera le plus heureux sur terre. Il va le chouchouter et plus tard, il l'emmènera à la pêche. Ils ne se quitteront jamais. Ils seront inséparables.

— Oui, si c'est un garçon. En revanche, si c'est une fille, ça sera autre chose.

Sa chemise voltige en l'air et atterrit au pied du lit.

— Il y a des filles qui aiment la pêche aussi. Tu n'as jamais pêché avec ton père ?

— Non ! Je détestais ça. C'est ennuyeux. Je ne comprends pas comment il fait pour attendre des heures et des heures qu'un poisson morde à la ligne pour ensuite le remettre à l'eau. C'est totalement ridicule !

Je caresse son torse qui me fait tant d'effets. Il penche sa tête pour poser ses lèvres sur les miennes. Je grogne contre sa bouche. Tellement bon.

— Un bon pêcheur remet toujours son poisson à l'eau.

— Qui t'a dit ça ?

Il retire la ceinture de son pantalon.

— Ton père. Il m'a parlé de sa passion le jour de Noël. Il m'a dit qu'il m'embarquerait pour pêcher avec lui.

Je pouffe de rire. Je vois bien Evan passer une journée au bord d'un étang à attendre. Il ne tient jamais en place.

Son pantalon et son boxer se retrouvent à terre. Je l'imite en ôtant ma jupe et ma culotte, offrant ma nudité devant ses yeux emplis de désir.

— Délicieuse créature ! Je vais te dévorer. Tu es si belle. Je ne sais plus si je te l'ai dit aujourd'hui.

Je ris.

— Plus de mille fois, Evan. Viens-là.

Je pose ma main sur sa nuque afin de rapprocher son visage du mien. J'ouvre ma bouche et roule ma langue contre la sienne. Ce baiser est si tendre, doux et romantique. Son corps brûlant recouvre le mien. Il frotte son sexe contre le mien, ce qui fait accélérer les battements de mon cœur.

— Avant que tu me fasses l'amour, je voudrais te demander quelque chose.

— Ce que tu désires ma chérie ! Je suis prêt à te faire plaisir, joue-t-il des sourcils.

Je souris en enroulant mes bras autour de son.

— Ce n'est pas ce que tu imagines.

— Alors, dis-moi ?

Il contourne son index sur mes lèvres. J'aime trop quand il fait ça.

— Je voudrais aller voir ma maman demain, si ça ne te dérange pas.

— Pourquoi ça me dérangerait ?

Je hausse les épaules.

— Je ne sais pas. Ce n'était peut-être pas dans ton programme.

— Voyons, Aileen ! On est ici pour ta famille, alors on ira voir ta maman.

— Merci. Tu es adorable. Je t'aime.

— Je t'aime, répète-t-il en posant ses mains sur mon visage. Et n'oublie pas, demande-moi ce que tu veux, je tiendrai la promesse de réaliser ce que tu désires.

Il m'adresse un regard plein d'amour et m'embrasse fébrilement. Me voilà partie à m'évader dans un autre univers. Le nôtre. Si fort, si charnel. Loin de tous les soucis qui nous entourent. Le meilleur de tous.

Chapitre 13
Human Sadness
« Tristesse humaine »
(The Voidz)

Evan

Je ne me souviens pas d'avoir mis les pieds de ma vie dans un cimetière. C'est triste comme ce temps maussade qui englobe la ville de Seneca Falls en ce début d'après-midi. Il fait frais. La pluie menace de faire son apparition et un vent désagréable balaye mon visage, ce qui me provoque d'immenses frissons.

Aileen s'accroupit devant la tombe de sa mère et dépose l'énorme bouquet de roses blanches dans un vase en terre vide que l'on vient d'acheter au fleuriste de la ville. La stèle met en avant deux cœurs, un grand où est gravé « Elena Wiley 1974-2009 » et un plus petit, embelli par la photo de sa maman.

Quand elle se relève, je vois sur son visage une immense vague de tristesse. Je ne sais pas si elle se retient de pleurer parce que je suis là, mais ses pupilles sont noyées de larmes.

Je cale ma tête sur son épaule, mes mains sur ses hanches en contemplant la tombe dans un silence religieux. Je sens son corps qui tremble. J'embrasse sa joue et je lui murmure :

— Lâche-toi, petite pomme. Si tu as envie de pleurer, ne te retiens pas.

Elle se retourne, je la scrute du regard. Qu'elle soit triste ou heureuse, elle est toujours aussi belle.

Un flot de larmes ruissellent sur ses joues. Je l'étreins très fort contre moi, la laissant sangloter, car je sais que c'est la meilleure solution pour évacuer l'amertume ancrée en soi.

— Si tu as envie de parler, fais-le.

— Je veux partir d'ici, répond-elle tout bas.

— Très bien.

Je l'embrasse sur le front et enlace ses doigts entre les miens en marchant dans l'allée recouverte de petits cailloux gris. Jedi est derrière nous. J'ai insisté pour qu'elle nous accompagne lorsque nous nous rendons à l'extérieur. Même si nous sommes loin de New York, nous ne sommes pas l'abri d'un nouveau danger. Elle a sa voiture personnelle, ce qui nous permet d'avoir des moments intimes.

Arrivé sur le parking, j'appuie sur la clef de ma caisse et ouvre la portière du côté passager.

— Quand tu n'es pas manipulateur, tu es un gentleman, ironise-t-elle en pénétrant dans l'habitacle.

Je ris, ferme la portière et grimpe à mon tour. Elle semble moins triste.

— Mais j'avoue que j'ai une préférence quand tu m'allumes.

Un petit sourire se dessine sur son visage.

— Et moi j'adore quand tu entres dans mon jeu.

Je pose mes lèvres délicatement sur les siennes et lui murmure un « je t'aime ».

— Que veux-tu faire maintenant ? On a encore tout l'après-midi pour profiter de ta jolie petite ville avant de retourner à New York. Dis-moi ce qui te ferait plaisir.

— J'ai envie d'un banana split, nappé de chocolat, avoue-t-elle en prenant un air de petite fille. Je ne devrais plus écouter Emma quand elle me raconte ses exploits sexuels.

— Elle a de bonnes idées ta copine ! Ça pourrait être intéressant.

Je n'imagine même pas ce qu'elles se disent. Au début, elle me relatait un peu leurs folies, mais j'ai bien l'impression qu'Adam a des petits secrets aussi pour rendre sa partenaire euphorique.

— Guide-moi là où tu veux aller.

Elle hoche la tête. Je l'embrasse sur les lèvres avant de m'attacher et de mettre le moteur en route.

Elle reste silencieuse une partie du trajet. Les seules fois où elle parle, c'est pour m'indiquer le chemin. De temps à autre, je jette un œil dans sa direction. Elle contemple la vue, qui est aussi triste de ce que je peux lire sur son visage. Il s'est mis à pleuvoir à grosses gouttes, ce qui rend la circulation difficile. Les essuie-glaces ne vont pas assez vite pour balayer la pluie qui recouvre mon pare-brise.

— J'aimerais repasser à l'hôtel pour me changer et ensuite demander à ma sœur si elle veut bien venir avec nous dans le centre-ville.

— OK. Tout ce que tu veux, ma princesse.

Nous arrivons cinq minutes plus tard devant l'hôtel. Malgré avoir couru jusqu'à l'entrée, nous sommes trempés de la tête aux pieds. En pénétrant dans la chambre, je me débarrasse de mes vêtements. Aileen m'imite, retire sa robe asymétrique, se retrouvant en lingerie rouge et noire. Je l'admire. Son corps est parfait, aucune imperfection. Mon érection se manifeste simplement à la regarder. Toutefois, ce n'est pas mon intention de vouloir lui faire l'amour. Je veux qu'elle se sente mieux dans mes bras. Je n'ai plus envie qu'elle affiche cette triste mine sur son visage.

Je saute dans le lit et m'allonge.

— Viens me faire un câlin.

Elle grimpe à son tour et se blottit contre moi, sa tête reposant sur mon épaule. J'enroule une de ses mèches brunes autour de mon index tandis qu'elle effleure mon torse du bout des doigts.

— J'ai un souvenir que je garderai toujours dans ma mémoire, dit-elle soudainement.

Elle lève la tête et plonge son regard dans le mien. Ma bouche est proche de la sienne.

— Une fois, nous étions conviés à une fête dans le quartier. Nous venions d'emménager dans une petite ville, pas très loin de Boston. Je devais avoir trois ou quatre ans. Je m'amusais avec des enfants de mon âge pendant que mes parents discutaient avec les voisins. Tout se passait bien. Il faisait beau, les rires emplissaient la rue et j'étais émerveillée par toutes les guirlandes et les ballons de couleurs qui décoraient une des maisons du voisinage.

Elle marque une pause. Je vois une larme qui la menace. Je caresse sa joue et pose mes lèvres délicatement sur les siennes afin de l'apaiser.

— Tu n'es pas obligé de raconter si ça te fait mal.

— Si… j'ai envie de t'en parler.

— OK. Alors, prends ton temps.

Elle approuve en hochant la tête. Elle garde le silence un instant. Nous nous observons les yeux l'un dans l'autre. Son regard me fait toujours autant craquer. Je pourrais l'admirer de cette façon pendant des heures.

J'attrape sa main et l'embrasse. Elle poursuit :

— Mes parents n'ont pas été accueillis avec des bonbons et des chocolats comme moi. Je n'ai pas compris pourquoi ils se disputaient avec les voisins alors que nous étions là pour faire la fête.

— Tu étais très jeune. À cet âge-là, on ne comprend pas les histoires des adultes.

Elle lâche un gros sanglot et ferme lentement les yeux. Son cœur se met à battre vite. Une bouffée de tristesse me submerge de la voir comme ça.

— N'en dis pas plus. Cette histoire te fait trop de mal. Tu me raconteras le reste quand tu seras prête.

Elle rouvre les paupières en secouant la tête.

— Ça va aller, Evan. Embrasse-moi ! S'il te plaît… pour me donner le courage de continuer.

Je souris et ouvre la bouche pour y glisser ma langue. Instinctivement, un frisson m'envahit. Tout en douceur, je lui offre un baiser très romantique. J'aime jouer, mais des moments comme ceci je les aime aussi.

— Tu es un pro du roulage de pelles. J'ai envie que tu recommences, réclame-t-elle en battant des cils.

— Tu es une petite gourmande.

— Je sais.

Je ne sais pas combien de temps nous passons à nous embrasser, mais tout ce que je vois, c'est qu'elle a l'air d'être plus sereine. Nous nous amusons à rouler sur le matelas comme la fois où nous nous sommes retrouvés après deux semaines de séparation. Je m'évade avec elle et j'essaie de lui faire oublier les soucis du quotidien. J'aimerais tellement la rendre plus heureuse, mais la vie n'est pas un monde de bisounours. Nous devons avancer et faire preuve de courage dans des situations qui parfois ne sont pas toujours très sympas.

Assise sur mes jambes, elle me caresse le torse et elle se met de nouveau à parler :

— Nous sommes rentrés chez nous. Ma mère a pleuré toute la soirée et en me couchant, elle m'a dit de ne jamais faire le même métier quand je serais grande. Plus tard, j'ai compris ce qui a déclenché cette dispute. Elle était journaliste dans une petite maison de presse et son chef lui avait demandé d'écrire un article sur les événements qui venaient de se passer au village. Depuis plusieurs mois, les flics essayaient de mettre la main sur un trafic de drogue. Ils ont monté un plan et ont réussi à prendre en flagrant délit le dealer. Ma mère avait pour mission de rédiger une rubrique sur ce scandale, mais chose qu'elle ne savait pas c'est qu'il s'agissait du fils de notre voisin. Tout lui est retombé sur son dos. Ce voisin s'est donc vengé et a commis…

— Je sais ce qu'il a fait.

Tout s'est su dans la presse et sur les réseaux : sa mère s'est fait tuer lors d'un attentat par cet homme, qui est mort également dans son acte criminel. Mais pourquoi désire-t-elle être journaliste ? Je ne comprends pas. Elle avait exprimé le fait que c'était un rêve, mais c'est loin d'en être un.

— Tu es vraiment certaine de vouloir faire ce métier ? Franchement, Aileen tu devrais songer à faire autre chose. Tu es douée pour l'écriture. Tu pourrais écrire des histoires parce que comme tu l'as vu, journaliste c'est se mettre en danger et malheureusement, ma vie n'est pas un fleuve tranquille. Je ne veux pas que tu prennes davantage de risques.

Elle baisse les yeux sur mon torse, mais je pose ma main sur son menton pour relever son visage. Des larmes embuent sa vision.

— Quand elle est morte, je souhaitais lui rendre hommage. J'ai toujours désiré lui ressembler. C'était une femme gentille, courageuse et elle avait tellement la joie de vivre en elle. Elle est partie trop jeune.

Elle explose. Je la serre contre moi et la berce en fredonnant au creux de son cou, une de ses chansons favorites, « Love me Baby ». Je termine en embrassant son front et lui mentionne plein de « je t'aime ». Elle avait besoin de s'exprimer, de s'avouer que ce n'était pas le métier de ses rêves. OK, elle a un talent pour l'écriture, mais je savais dès le début qu'elle n'avait pas réellement sa place dans ce monde. Il lui manquait un petit grain de curiosité. J'ai bien essayé plusieurs tactiques pour l'encourager à parler davantage, mais je savais au fond de moi qu'elle risquait de ne pas être à l'aise en faisant ce job.

— J'ai une idée.

— Tu veux un autre tableau de moi dans les toilettes ? demande-t-elle en pleurant et souriant en même temps.

— Oui, tu peux en faire autant que tu veux. Je te l'ai déjà dit, je veux te voir partout.

Elle rit en se frottant les yeux.

— Raconte notre histoire.

Elle renifle en lâchant un sanglot puis hausse un sourcil.

— Tu pourrais écrire des romans.

— Je ne sais pas… Tu es certain de vouloir que j'écrive quelque chose sur nous ?

— Bien sûr… sans trop aller dans les détails. Tu sauras le faire. J'ai confiance en toi. Tu ne m'as jamais déçue,

Aileen. Fais ce que tu aimes et non ce que tu veux t'obliger de faire. Promets-le-moi.

Elle acquiesce en hochant la tête.

— C'est promis. Merci d'avoir éclairci mon cerveau. Tu m'offres déjà ton amour et c'est ce qu'il y a de plus important pour moi. Je t'aime. Je t'aime. Je t'aime.

Elle me gratifie de baisers partout sur mon torse. Oh ! Merde ! Ma queue se réveille.

— Arrête de me faire ça. Tu vois l'effet que tu me donnes ?

Elle rit aux éclats. La pression est retombée.

— Fais-moi vibrer, Evan. J'en ai besoin maintenant. J'ai envie de toi.

Ses mots affolent mon cœur. Je la soulève et la plaque contre le matelas. Je me positionne au-dessus d'elle et baisse sa culotte le long de ses jambes. Voyager... Toujours. C'est ma promesse.

Chapitre 14
Reptilia
(The Strokes)

Aileen

Nous entrons dans un pub qui vient d'ouvrir ses portes dans le centre-ville de Seneca Falls. Il nous immerge directement dans un milieu cubain avec un mobilier atypique aux couleurs vives. Je ne sais plus où poser les yeux. C'est beau et agréable. Les murs sont recouverts de graffitis et de posters représentant des reptiles. Le tout dans une ambiance musicale des îles. Dépaysement total. Un petit air de vacances. Il s'appelle Reptilia.

Le pub est bondé, mais je repère Shelly et Sacha assis sur un canapé, sirotant chacun un cocktail coloré. En slalomant entre les tables, les regards se pointent vers nous. Les lunettes de soleil ne sont pas suffisantes pour cacher notre visage. Et hop, un premier selfie. Puis un deuxième. Un troisième... Cinq minutes plus tard, je ne sais pas combien de photos nous avons prises, mais nous parvenons à rejoindre ma sœur et son ami.

Je fais les gros yeux en regardant le cocktail de Shelly. Elle attrape son verre et mordille dans sa paille.

— Il n'y a pas que des cocktails avec alcool, lâche-t-elle en tapotant sa main sur le canapé afin que je m'asseye à côté d'elle. Je sais ce que je fais.

— C'est bon ! Calme-toi ! Je n'ai rien dit.

Elle lève les yeux en l'air. Je l'inspecte de haut en bas. Elle porte un pull blanc pailleté et un jean bleu foncé. Ses cheveux sont décorés d'un diadème orné d'une grosse fleur blanche sur un côté. Ça lui va vraiment bien. Elle ne ressemble plus du tout à une ado. Shelly est une jeune femme.

Je retire ma veste et attrape la carte qui est posée au milieu de la table en bois. Evan s'installe face à moi. Son sourire me fait l'effet d'une bombe. Il a toujours cette manie de se lécher les lèvres dans une grande délicatesse, ce qui provoque en moi d'énormes frissons. Et je sais qu'il le fait exprès. J'ai envie de les mordiller.

Stop, Aileen ! Nous ne sommes pas seuls ici !

Je plonge mon regard sur la carte des boissons pour chasser les idées perverses qui commencent à brouiller mon esprit. Dommage, il n'y a pas de banana split. Je me serais amusée à le déguster d'une façon coquine face à cet apollon sexy.

Aileen ! On se calme !

Un serveur apparaît en souriant de toutes ses dents. Ses yeux font la navette entre Evan et moi.

— Un crocodile dundee s'il vous plait, mentionne Evan.

— Et moi je vais prendre un... anaconda.

Tous ces cocktails m'ont l'air délicieux. Je crois bien que j'ai fait la gourmande. Mais impossible de résister, il y a tout ce que j'aime dans celui-ci. Des fruits et de l'alcool.

De l'alcool léger, ça devrait aller !

— Je tiens à m'excuser pour hier, dit Shelly en remuant sa paille énergiquement dans son verre. Je n'ai pas été très diplomate.

— Effectivement, tu n'as pas été diplomate. J'espère que papa s'en remettra assez vite.

Je soupire. Depuis hier, je ne pense qu'à lui. Je déteste le voir dans un tel état et malheureusement, je ne sais pas quoi faire pour faire baisser la tension. Shelly aurait dû m'écouter, mais elle en a encore fait à sa tête. Et moi j'aurais dû ne rien lui dire, car je savais qu'elle allait faire tout le contraire. Ce n'est pas la première fois que ça arrive.

— Je vais en discuter ce soir avec lui, mais il va devoir s'y faire, car nous voulons garder ce bébé.

OK ! Moi aussi, il va vraiment falloir que je m'y fasse. Je ne sais pas ce qu'il se passe en ce moment, mais ça doit être une mode de vouloir un bébé.

— OK ! Je te laisse gérer ça toute seule, je réponds sans enthousiasme.

Elle pose sa main sur mon épaule et m'embrasse la joue.

— Ne t'inquiète pas, tout va bien se passer. Il ne se fâche jamais longtemps.

Elle a raison. C'est déjà arrivé plus d'une fois que l'on se chamaille, mais ça ne dure pas. De toute façon, je n'imagine pas ne plus parler à mon père. Il représente tellement tout pour moi. Il m'a élevée, soutenue dans des moments difficiles et j'adore ses grands bras musclés qui me serrent pour me faire des câlins.

— Un crocodile dundee et un anaconda, intervient le serveur en déposant les cocktails sur la table.

— Merci, répond Evan.

Un immense verre jaune orangé se dresse devant mes yeux, décoré d'un quartier d'orange et d'une paille multicolore. Il est trois fois plus gros que celui d'Evan. Je glousse. Quelle idée d'avoir commandé ce cocktail ! Si je bois tout, je vais faire une bêtise.

Ne pas le boire trop vite !

J'aspire une longue gorgée. Il a un goût de bonbon. Quel délice !

— Et tes études ? Tu vas tout arrêter ? je demande à Shelly sans lâcher la paille de ma bouche.

— Non, je n'ai pas envie. Je veux me perfectionner dans la peinture. Je trouverais une solution.

— Tu peux faire comme Aileen, dit Evan. Tu prends des cours par correspondance. Ça te permettra de continuer et d'apprécier ta grossesse en même temps.

— Oui, c'est à ça que j'avais pensé, répond-elle en lui souriant. Je n'imagine pas rester chez moi à ne rien faire.

Effectivement, Shelly est une fille très active et elle ne tient jamais en place.

— Et si on changeait de sujet un peu, dit-elle. Parlez-nous de votre mariage.

Ses yeux brillent. Mon mariage ! Je rêve encore !

— Montre-moi ta bague de fiançailles.

Elle attrape ma main et fronce les sourcils lorsqu'elle s'aperçoit qu'elle ne voit rien.

— Ne te gêne pas pour m'insulter, Shelly, dit Evan. Je n'ai pas été super romantique sur ce coup-là.

— C'est une honte, crie-t-elle en faisant un geste théâtre. Elle rit. Evan l'imite.

— C'est vrai, tu as raison. Je me rattraperai. Mais, je n'ai pas eu le temps.

— Ne cherche pas d'excuses Evan, c'est honteux.

— C'est bon, Shelly ! je m'exclame. Ce n'est pas bien important.

— Je plaisantais.

— Je vais me rattraper ma chérie, c'est promis.

— Je m'en fiche, Evan. Ce n'est pas le plus important.

— C'est important pour moi quand même.

Il me décoche un clin d'œil avant de prendre possession de son verre. Quand il me dit qu'il m'aime, cela me suffit.

Pendant un petit moment, Evan nous parle de ses projets, un nouvel album en préparation ainsi que plusieurs dates prévues dans l'état de New York. Mon verre se vide à une grande vitesse et si je continue dans cette lancée, je vais me déhancher sur la musique entrainante qui me rend soudainement heureuse.

— Je vais aux toilettes, dis-je en me levant du fauteuil.

Evan me bloque le passage en mettant son bras devant moi et me ramène vers lui.

Il me chuchote :

— Tu n'allais pas partir sans m'embrasser ?

Je penche ma tête vers la sienne. Je peux sentir la délicieuse odeur de son cocktail qui émane de sa bouche terriblement sexy. Ses yeux dévorent mes lèvres et un sourire s'étire sur son visage. Je lui émets un doux baiser puis m'aventure dans le fond de la salle à la recherche des toilettes.

Je traverse un couloir, joyeuse, grâce à l'effet de l'alcool, mais soudain je suis happée par une main puissante qui se pose sur mon épaule et me fait reculer. Mon dos collé contre une chaleur humaine inconnue. Ou presque. Le parfum me dit quelque chose. Une odeur que je déteste.

— Ne sors même pas un mot de ta bouche où je te plante, gronde cette voix féminine en appuyant une de ses mains sur mes lèvres.

Cette voix… Répugnante et qui me donne envie de faire un meurtre. Mon sang se glace. Qu'est-ce que cette blondasse fait ici dans ce pub ? Je ne l'ai pas vue entrer. Comment a-t-elle su que j'étais ici ? J'ai envie de lui mettre une claque, de tirer sa tignasse de Barbie, de crier et d'en faire mon quart d'heure. Non, je rectifie, je n'ai pas envie, mais le besoin de le faire ! Cependant, la lame du couteau qu'elle érige sur ma côte ne me donne pas le choix de me taire.

— Avance salope et ferme-la.

Son ton dur me procure des frissons. Je marche vers la sortie de secours. Kristen pousse la porte. Un grand vent frais et une averse viennent fouetter mon visage. J'ai froid. Je suis simplement habillée d'un chemisier bleu marine et d'un jean de la même couleur. Sur le trottoir est garée une berline noire. Mon cœur ne fait qu'un tour en voyant Jedi sortir de la voiture. Ce n'est pas vrai ! Mais pourquoi ? C'est le monde à l'envers. Elle était censée me protéger.

— Jedi ? Que faites-vous là ? demandé-je, la voix tremblante.

Son regard est dur comme fer. Elle ne dit pas un mot. Comme à son habitude.

Elle ouvre la portière arrière et Kristen me pousse à l'intérieur. Je tombe à plat ventre sur la moquette noire. Les larmes roulent sur mes joues. Si je crie, je suis foutue. Je sais que Kristen pourrait se venger avec son couteau de merde. La porte se referme bruyamment derrière moi. Je vais me réveiller. Je suis en train de faire un cauchemar. Mais quand la voiture démarre, je suis secouée et mon corps revient dans la réalité. Je sursaute lorsqu'un rire diabolique me provient jusqu'aux oreilles. Axel est assis sur la banquette, une jambe pliée sur l'autre. Son regard est froid. Il me donne la chair de poule. La fumée de sa cigarette me fait tousser et m'embrume la vue. Je suis piégée. Mon Dieu ! Qu'est-ce qu'ils vont faire de moi ?

Chapitre 15
Left and right in the dark
«Gauche et droite dans le noir»
(Julian Casablancas)

Evan

Je jette un coup d'œil à ma montre en fronçant les sourcils. Ça fait bien dix minutes qu'elle est partie aux toilettes. Je trouve le temps long. Je déteste la laisser seule dans un endroit que je ne connais pas. J'aurais dû l'accompagner ou demander à Jedi de la suivre. Comme un pauvre con, je lui ai dit de faire le guet dehors. Je n'ai pas été très sympa sur ce coup-là. Il pleut des cordes et il fait horriblement froid.

Je bois une gorgée de mon cocktail et me lève.

— J'en ai pour deux minutes, dis-je à Shelly et Sacha. Je vais dire à Jedi de rentrer. J'ai un peu pitié d'elle.

— Jedi? Qui est-elle? demande Shelly.

— La garde du corps d'Aileen.

— Ah oui, c'est vrai! J'avais oublié que ma sœur est suivie par un petit toutou chaque fois qu'elle sort. Et ça ne l'embête pas? Car moi, je ne supporterais pas que l'on me suive en permanence.

Je ricane. Elle me fait penser à Aileen quelques mois en arrière.

— C'est pour son bien, Shelly. Je ne veux plus prendre aucun risque quand elle s'aventure seule.

— Ouais… Tu as raison, répond-elle en glissant la paille de son cocktail dans sa bouche. On n'a pas la même vie.

— Non et crois-moi, ce n'est pas toujours facile.

J'attrape ma veste, me l'enfile et me dirige vers l'entrée du pub. En ouvrant la porte, je suis frappé par le vent glacial et cette pluie agaçante qui ne s'arrête pas depuis au moins deux heures. Je tourne la tête à droite puis à gauche. Pas de Jedi. Où est-elle bien passée bon sang ? Je ne lui ai pas donné l'ordre de bouger. Je marche rapidement le long de la rue afin de la trouver. Putain ! Elle va me mettre sur les nerfs. Non ! J'y suis déjà. Bordel ! Je ne vais pas laisser passer ça. Je suis assez exigeant. Je ne l'ai pas embauchée pour qu'elle vadrouille dans le secteur sans ma permission. Le fait de ne pas respecter mes demandes pourrait m'amener à la licencier sur-le-champ. Elle a intérêt de trouver une bonne excuse si elle ne veut pas perdre son job.

Je fais demi-tour. Aucune trace d'elle. Elle va me rendre cinglé cette femme. J'entre de nouveau dans le pub, furieux, en ronchonnant, ce qui attire l'attention des clients.

Allez-y ! Prenez des photos ! Je n'en ai strictement rien à foutre !

— Aileen n'est pas revenue ?

— Non, elle doit être en train de faire une petite commission, ricane Shelly.

Je jette un œil circulaire dans la salle. Putain ! Tout est en train de me gonfler. Quinze minutes au petit coin, ce n'est pas possible. Toujours autant énervé, je me dirige dans le fond de la pièce et pousse la porte violemment du couloir qui mène aux toilettes. J'entre chez les dames.

Je crie :

— Aileen ! Tu es là ?

Aucune réponse. Mais bordel ! Où est-elle ?

J'insiste en ouvrant les portes des toilettes une par une :

— Aileen ! Réponds-moi, putain !

Personne. Je sors presque en courant. Je rejoins Shelly et Sacha.

— Elle n'est nulle part.

Un courant électrique m'envahit. Rouge de colère, je frappe la table à coups de poing et m'aventure dans la salle en l'explorant. J'ai envie de tout envoyer en l'air. Mon cœur bat à une vitesse puissance mille.

— Vous cherchez après votre copine ? me demande un jeune gringalet qui m'arrive à peine aux épaules.

Je le dévisage froidement. Je vais lui foutre une baffe. Crétin ! Et lui faire valser ses lunettes.

— Non, je suis en train de chercher après mon chien, maugréé-je en l'assassinant du regard. Barrez-vous de mon chemin !

Il se recule en fronçant les sourcils et se met à me sortir un juron cet imbécile. Sérieux ! Il a vraiment envie que je lui fracasse la gueule.

— Je viens de la voir, aboie-t-il en faisant des gestes bizarres avec ses mains devant son visage.

— Où ? Où est-elle ?

— Elle est entrée dans une berline noire et il me semblait reconnaître votre ex avec elle.

Mon sang ne fait qu'un tour. Putain ! Kristen ! Qu'est-ce qu'elle a fait ? Pris d'une rage monstrueuse, je fais valser une table qui se situe à côté de moi, renversant les verres qui étaient posés dessus. Je repère Shelly et Sacha vers la sortie, qui ont l'air complètement paniqués.

— Il faut la retrouver au plus vite ! Sacha appelle les flics. Je vais chercher ma caisse.

Je me tourne vers Shelly :

— Et toi, prends ses affaires qui sont sur la banquette.

Shelly hoche la tête, blanche comme un cachet d'aspirine.

Je sprinte jusqu'au parking, ouvre ma voiture et attache ma ceinture. Elle doit avoir son portable sur elle. Tout à l'heure, je l'ai vu le fourrer à l'arrière de son pantalon. J'attrape le mien qui est au fond de la poche intérieure de mon cuir et fais sonner son portable. Je croyais peut-être que ça aurait été facile de la joindre ? Je ricane nerveusement en le balançant sur le siège passager.

En faisant marche arrière, mes pneus dégagent une énorme fumée de poussière. Je roule à vive allure et m'arrête devant le pub. Toujours pas de Jedi en vue. Tant pis pour elle. Elle est virée. La décision est prise.

Sacha monte à côté de moi tandis que Shelly se place à l'arrière.

Je tourne la tête vers Sacha :

— Tu as appelé les flics ?

— Oui, ils sont au courant. Ils ont dit qu'ils allaient arriver.

— Ouais, mais dans combien de temps ? je crie en frappant mes mains sur le volant.

— Je ne sais pas, ils doivent être en route.

Putain ! Je ne peux pas rester ici sans rien faire. Il faut que je la retrouve au plus vite. Je ne sais pas de quoi Kristen est capable, mais je n'accepterais jamais qu'elle touche à un seul cheveu de ma beauté.

— Prends mon téléphone, Sacha. On va essayer de la trouver. J'ai installé un logiciel espion sur le sien.

Quelle sage décision ai-je prise ce jour-là quand je lui ai offert un nouveau téléphone. J'ai mis ce logiciel au cas où elle serait en danger.

Sacha s'exécute, attrape mon cellulaire qui est près de lui et positionne l'écran devant son visage. Je me penche et pianote dessus afin de mettre en route le fonctionnement du mouchard. Mon GPS m'indique qu'elle se trouve à Skaneateles. Putain ! Mais non ! Plus de trente kilomètres nous séparent.

La rage monte en moi. J'accélère comme un dingue, zigzagant dans les rues de Seneca Falls. À gauche, à droite dans la pénombre où la ville est simplement éclairée par des réverbères et les façades des enseignes. La panique et la haine prennent possession de mon corps. Mais qu'est-ce qu'il lui prend à Kristen de nous faire chier comme ça ? Elle ne peut pas faire sa vie et nous laisser tranquilles ?

Je continue mon chemin, en dépassant largement la vitesse autorisée. Peu importe, je la retrouverai saine et sauve. Ma promesse était de la protéger. Et j'ai encore foiré. Je suis vraiment trop con !

Chapitre 16
Crunch punch
« Coup de poing »
(The Voidz)
Partie 1

Aileen

J'ai froid. J'ai peur. Je suis glacée. J'ai l'impression que je vais vivre les derniers instants de ma vie. J'ai passé plus de trois heures dans une caisse sous la surveillance de trois connards. Bâillonnée par ce crétin d'Axel. Mes mains sont attachées par un cordage derrière mon dos. À chaque sanglot, Kristen ricanait comme un vilain personnage que l'on peut voir dans les films. En plus de cela, elle essayait (j'ai bien dit essayer !) de me narguer avec sa bague de fiançailles que je voulais lui faire avaler. Je ne pouvais rien dire. Mon sort était d'écouter les mots horribles qui sortaient de la bouche de mon ennemie qui me vantait ses exploits sexuels avec mon crush. Quant à Axel, il s'amusait parfois à se coller contre moi et me lécher le cou. Si je n'avais pas la bouche scotchée avec du ruban adhésif, je l'aurais mordu à sang et il se serait souvenu toute sa vie de la haine qui s'infiltrait en moi.

Jedi est restée silencieuse. Elle servait de chauffeur. Je ne comprends toujours pas pourquoi elle est de mèches avec eux. Que me veut-elle, elle aussi ? Même si je n'ai jamais eu vraiment de discussion avec cette femme, jamais je n'ai pensé une seule seconde qu'elle me trahirait de la sorte. Je mettrais la main à couper, qu'elle a mentionné tous mes faits et gestes à Kristen et Axel. Et je suis persuadée qu'ils y sont pour quelque chose dans les événements qui viennent de se passer.

La voiture est garée je ne sais où. Kristen ouvre la portière en me lançant un sourire démoniaque. Elle a attaché ses cheveux en queue de cheval, porte une longue veste rouge et des escarpins de la même couleur. La bile me monte à la gorge. Je n'ai jamais eu peur d'elle, mais aujourd'hui tout est différent. Je suis prisonnière et je ne peux pas me défendre. Personne n'est là pour me secourir.

Axel me pousse et lorsque je me retrouve à l'extérieur, mes jambes fléchissent. Je tombe, le visage qui cogne sur le macadam dur et humide. Je crie, mais aucun son ne sort de ma bouche à cause de ce foutu bâillon. Seules mes larmes font apparaître la douleur qui est en moi.

— Tu vas payer pour tout ce que tu as fait, petite garce, aboie Kristen en me menaçant avec son couteau.

Elle se retourne et avance d'un pas déterminé en mettant sa capuche pour protéger sa tignasse que j'ai envie d'arracher. Axel me relève et me pousse sauvagement afin que je suive Kristen dans cette pénombre. Le temps ne s'est pas amélioré depuis ce matin. Il pleut à torrents et le vent glacial me congèle sur place.

— Grouille-toi ! hurle-t-il en me donnant un coup de pied dans le mollet.

Je m'affale de nouveau à terre, complètement affaiblie, rongée par la peur. Jedi me soulève de ses deux mains immenses et me tire le bras pour me faire avancer. Mon pantalon est troué et du sang se propage sur mon genou. J'ai horriblement mal. Je lutte et force sur mes jambes pour aller à l'encontre de mon destin. La souffrance. Voilà à quoi je dois m'attendre. Je ne sais même pas où je suis.

Nous nous aventurons dans une ruelle, dans un silence complet où seuls les talons de Kristen résonnent sur les pavés glissants. Il n'y a aucun passant, aucune maison éclairée. En marchant péniblement, je pense à Evan qui doit s'inquiéter actuellement. Il doit me chercher partout et, j'imagine, dans l'état qu'il est. Est-ce que je le reverrais un jour ?

Quelques minutes plus tard, Kristen s'arrête et sort un trousseau de clefs d'une poche de sa veste. Elle ouvre le volet d'une porte vitrée d'un vieux bâtiment. Une odeur d'essence et de pneus brûlés se diffuse jusqu'à mes narines quand j'entre. C'est affreux.

Axel appuie sur un interrupteur pour éclairer l'endroit où je découvre une dizaine de voitures plus ou moins anciennes, alignées près d'un pan de mur. Sous la menace de sa minable arme, je m'exécute quand Kristen me fait signe de la tête de m'installer sur la chaise qui est devant moi, en plein milieu de la pièce.

Je m'assieds, les pupilles noyées de larmes. Elle fait glisser le couteau le long de ma gorge. Ma respiration se bloque.

— On fait moins la maligne sans son toutou, souffle-t-elle près de mon oreille.

Ses yeux s'accrochent aux miens. Je lui lance un regard meurtrier. Elle se met à ricaner et d'un coup, elle me gifle violemment du revers de la main. Ma tête valse à l'arrière comme si je venais de recevoir un coup de poing sur un ring de boxe. Ma vision se brouille. J'essaie de reprendre mon souffle, mais je n'y arrive pas. La douleur m'assaille. Je n'en peux plus. J'ai mal au crâne, pire qu'une migraine.

— Tu as voulu foutre la merde dans ma vie, petite salope. À mon tour de te pourrir la tienne, siffle-t-elle.

Pétrifiée, je ferme les yeux. Millimètre par millimètre, la pointe du couteau effleure ma peau le long de ma nuque. L'odeur de pneus et d'essence n'encombre plus mes narines, c'est celui de cette sorcière qui m'enivre en me donnant un haut-le-cœur.

— Quel est ton secret, petite peste ? m'interroge-t-elle en retirant violemment le scotch collé sur ma bouche.

Je crie. J'ai l'impression qu'elle vient de m'arracher la peau tellement ça me brûle.

— Tu hurles encore une fois et je plante la lame du couteau dans ta gorge, tu as compris ? gronde-t-elle en plongeant ses yeux de vipère dans les miens emplis de douleur.

Je hoche la tête pour confirmer. En temps normal, je me serais défendue, mais là, c'est impossible, je suis trop faible et je n'ai aucun moyen pour me venger.

Nous nous observons un instant. Ses pupilles sont sombres. Mes lèvres tremblent. Incapable de sortir un seul mot. Elle se met à faire quelques pas en faisant des allers-retours juste devant moi puis penche sa tête vers la mienne en prenant mon menton entre ses mains. Mon cœur s'emballe comme jamais. Le peu qu'elle me touche me procure une douleur monstrueuse.

— J'aimerais bien savoir ce qu'Evan te trouve. Qu'est-ce que tu as de mieux que moi ?

Je me retiens de lui cracher en pleine figure.

— Ce n'est pas pour ton argent, ça, c'est sûr. Est-ce pour tes talents de petite salope ? Tu avais l'air de lui faire de sacrés effets à Los Angeles. Répugnant…

Je déglutis.

— Complètement répugnant, répète-t-elle, d'une voix horrible, dur et froide. Baiser dans des toilettes publiques.

Jamais il ne m'aurait emmenée dans un tel lieu. Ça prouve qu'il te considère comme une moins que rien.

Mon Dieu ! Elle était donc là également dans notre hôtel. Mon sang se glace.

Je regarde Jedi qui a les yeux baissés au sol. Elle semble embarrassée. Elle remue sur place comme une chenille.

— Tu vas souffrir. Beaucoup plus que ton connard d'ami. Adam ? C'est bien son prénom ? J'ai vraiment apprécié de lui rendre la vie dure à celui-ci aussi. J'espère que ça lui a fait terriblement chier de ne pas pouvoir jouer.

Elle ricane. Je savais que c'était elle qui était dans le coup.

Une nouvelle gifle vient me secouer de plein fouet. Ma tête est sur le point d'exploser. Kristen ricane et se recule. J'ai la vision qui devient trouble, des larmes brûlantes qui coulent sur mon visage, mais j'arrive à apercevoir l'image qui est face à moi. Mes trois agresseurs me regardent attentivement, les bras croisés.

— Qu'est-ce qu'on fait d'elle ? demande Axel en tournant son visage vers Kristen.

— J'ai loupé mon coup une fois, pas deux. Elle va brûler et quand son cher petit ami viendra à son secours, il ne restera plus rien d'elle. Que des cendres comme cette misérable salle à Austin. J'en ai assez d'elle. Finissons-en maintenant. Jedi, va chercher le bidon d'essence.

Je tente de me lever afin de m'échapper, mais Axel s'élance vers moi, me bloque le passage en positionnant son corps contre le mien.

Je hurle comme une malade :

— Pourquoi tu fais ça, Axel ? Pourquoi ?

— Ferme-la !

— Je ne t'ai rien fait ! Pourquoi t'en prends-tu à moi comme ça ?

Il me bascule sur la chaise et plaque ses mains de brute sur mes épaules. Il est défoncé et sent le joint à plein nez.

— Je te trouvais très sympa au début. Dès que tu m'as adressé la parole, j'ai eu envie de te baiser, mais tu as préféré choisir lui, cet abruti qui obtient tout d'un claquement de doigts. J'en ai vu passer des gonzesses dans les backstage. Il s'en est tapé beaucoup plus que moi. Mais toi… je te voulais vraiment. Tu m'as déçu de l'avoir choisi et une fois de plus, ce con m'a fait bouillir de mettre la main sur une chose que je voulais. Tu aurais dû m'écouter. J'aurais pu te rendre heureuse. Mais maintenant, il est trop tard. Tu m'as blessé et tu as foutu en l'air la vie de Kristen. Tu vas payer très cher.

Une chose ! Je suis une chose ! Quel connard ! Et je suis la méchante dans tout ça. J'ai foutu la vie en l'air de cette greluche. N'importe quoi !

Il serre ma mâchoire et plaque ses lèvres brutalement sur les miennes. Je le mords si fort que le sang dégouline au coin de sa bouche.

— Salope ! hurle-t-il en me giflant. Tu vas crever.

Kristen lui lance une corde. Il me pousse contre la chaise et passe le cordage autour de mon buste. Impossible de me débattre. Je ne peux plus rien faire. Totalement piégée. L'heure a sonné.

Chapitre 17
Crunch punch
« Coup de poing »
(The Voidz)
Partie 2

Evan

Je vais devenir fou. Depuis trois heures, je bataille pour la retrouver. Le mouchard m'a fait passer par diverses petites villes. Mais je sais où elle est. Elle s'est arrêtée dans une ville où j'ai déjà mis deux fois les pieds. Scranton. L'ancien garage du grand-père de Kristen, décédé il y a maintenant trois ans.

Je gare ma voiture sur le bas-côté, à côté de la berline noire de Kristen et détache ma ceinture. Je me tourne vers Shelly dont ses yeux sont rouges et gonflés dû par les pleurs :

— Tu restes ici. Tu ne bouges pas. OK ?

Elle secoue la tête et ouvre la portière. Je serre les poings, le visage qui fulmine et sors précipitamment de ma caisse. Je l'attrape par le bras et la fais entrer de nouveau.

— Les flics vont arriver dans cinq minutes. Je vais me rendre avec Sacha sur les lieux. Je ne veux pas que tu viennes. C'est trop dangereux, Shelly.

— Non ! Evan... s'il te plaît... laisse-moi venir avec vous, sanglote-t-elle en me faisant un geste de prière.

— Non, Shelly. Evan a raison, intervient Sacha. On ne sait pas de quoi Kristen est capable. Elle est peut-être armée. Dès que tu vois les flics, tu leur dis qu'on est sur les lieux.

Je poursuis :

— Ce garage est à deux pas de cette rue. Quelqu'un prendra soin de toi, tu ne seras pas seule. Allons-y, Sacha ! Ne perdons pas de temps.

Je tends mes clefs à Shelly. Sacha l'enlace en lui murmurant des « je t'aime » avant de claquer la portière. Nous nous aventurons dans la rue face à nous. La pluie a cessé, mais le vent est toujours aussi infernal.

Cinq minutes plus tard, nous nous retrouvons devant le lieu en question. Mon cœur tambourine comme un malade dans ma poitrine. J'ai envie de défoncer la porte et d'entrer maintenant. Toutefois, je risquerais de perdre la femme de ma vie. Kristen ne doit pas être seule. Mon putain d'ancien bassiste doit l'assister.

Allons-y tout en douceur !

— Sacha, je chuchote en m'abaissant afin de ne pas me faire repérer. Va sur ta gauche. Il y a une petite fenêtre qui te donnera la vue sur le couloir. Je vais aller espionner de l'autre côté.

Il hoche la tête et court vers l'endroit indiqué.

À pas de loup, je m'approche de la porte discrètement. C'est éclairé et je parviens à voir ce qu'il se passe à l'intérieur. Mon cœur rate un battement. Aileen est attachée sur une chaise et semble inconsciente. Du sang coule sur son visage. Putain de bordel ! Axel est en train de lui foutre une gifle. Et Jedi avance vers eux avec un jerricane dans les mains. Mais, qu'est-ce que c'est que de ce délire ? La rage monte en moi et pas qu'un peu !

Je cours dans la direction de Sacha. Il est grimpé sur un parpaing, essayant de soulever le volet de la fenêtre.

— Arrête Sacha, descend. On entre !

— Mais...

Je le coupe en élevant la voix :

— Ne discute pas ! On y va maintenant ! Aileen est en danger !

— OK, OK ! Mais baisse d'un ton, on va se faire pincer, maugrée-t-il en fronçant les sourcils.

Comment rester zen dans de telles circonstances ? C'est impossible ! Vu dans l'état qu'elle est actuellement, j'ai envie de frapper dans tout et surtout de leur faire payer ce qu'ils viennent de faire. Je suis plus que sur les nerfs. Et là, je vais tout péter.

Il descend et me suit en longeant le mur. Je prends une grande inspiration. Mon poing est prêt à cogner dans cette putain de porte en verre. Mais au moment où je m'apprête à la défoncer, des bruits de pas me freinent dans mon élan. Je me retourne en apercevant quatre policiers, chacun un pistolet dans une main.

— Ne rentrez pas, dit l'un d'entre eux. Mettez-vous à l'écart.

Se mettre à l'écart ? Je ris jaune. Je secoue la tête. Je préfère sauver la peau d'Aileen que la mienne. Et il n'y a pas une seconde à perdre.

— Laissez-nous faire notre travail, monsieur Swain. Vous ne savez pas le risque que vous prenez en entrant.

— Vous ne comprenez pas... C'est ma fiancée qui est à l'intérieur.

— C'est notre boulot ! Poussez-vous !

Je n'ai pas le temps de protester qu'il pousse la porte. Elle s'ouvre immédiatement. Elle n'était pas fermée à clef. Ils pénètrent en criant envers les trois connards qui sont en train de pourrir la vie d'Aileen. Je les suis. Un frisson me parcourt le dos en l'apercevant dans un tel état. Du sang ! Je vois du sang partout ! Sous l'ordre des policiers, les trois crétins lèvent les mains en l'air et se font menotter. Je cours vers ma petite pomme et prends son visage entre mes mains. Son visage ! Oh ! Mon Dieu ! Ils vont crever ces crétins. Je me retourne en leur lançant un regard meurtrier et leur balance de nombreux jurons.

— Bande d'abrutis, crevez derrière les barreaux, je hurle en serrant les poings.

J'ai une grosse envie de leur mettre un coup de poing dans leur gueule et de les faire souffrir. Toutefois, ils ont la chance que les policiers s'occupent d'eux.

Je libère ses poignets et son corps. Elle semble très faible. Je m'accroupis devant elle et lui chuchote :

— Je suis là… je suis désolé, Aileen. Désolé.

Elle sanglote. Je m'en veux terriblement. Pourquoi ne l'ai-je pas mieux surveillée que ça ? Je me maudis.

Elle pose sa main sur la mienne. Ses pupilles sont embuées de larmes et ses joues sont rougies par les gifles d'Axel. Elle a également une plaie sur le front et des égratignures près de la bouche. Une boule se forme dans mon estomac. J'ai horriblement mal pour elle et j'ai envie de pleurer. C'est comme si j'avais reçu un coup de poignard dans la poitrine. Pourquoi lui ont-ils fait ça ? Qu'ils aillent en enfer !

Elle entrouvre la bouche pour me dire quelque chose, mais je vois qu'elle n'a pas la force de me parler. Elle grimace et ferme les yeux. J'ai l'impression de vivre un cauchemar. Je me sens vide, impuissant, incapable de pouvoir faire quelque chose pour elle sauf lui apporter mon soutien. Je prie pour que les secours interviennent au plus vite. Je la soulève de la chaise et la prends dans mes bras. Elle est légère comme une plume. Elle cale sa tête sur mon épaule. En marchant lentement, la seule idée qui me vient à l'esprit est de fredonner la chanson que j'ai écrite pour elle afin qu'elle retrouve le plus grand apaisement possible. Si elle veut me quitter, je comprendrais. Je lui ai rendu la vie dangereuse. Je ne m'en remettrai jamais, mais je ne veux que son bonheur. Il n'y a que ça qui m'importe.

« *Et si on passait un moment,*
Sur une danse de sentiments,
Voler dans les airs, sans aucun bémol,
Dans un accord parfait, on prend notre envol,
Main dans la main, je te promets,
Tout le temps, sans jamais te lâcher,
D'être la clef de ton bonheur,
Dans un monde meilleur,
Je rêve d'être avec toi,
Là où personne ne nous atteindra. »

Chapitre 18
Did my best
« J'ai fait de mon mieux »
(The Voidz)

Evan

Saine et sauve. C'est tout ce qui compte. Elle va bien. Enfin, presque…

Depuis une heure, je suis près d'elle. Je ne la lâche pas du regard. Elle dort. Sa respiration a repris un rythme plus dense. À notre arrivée à l'hôpital de Scranton, elle était agitée. Elle ne voulait pas que les médecins l'auscultent. Finalement, j'ai réussi à lui faire comprendre qu'elle n'était plus en danger. Elle n'a fait que pleurer. Je ne me suis jamais senti aussi mal de toute ma vie.

Les blessures ne sont pas importantes. Toutefois, je sais que son moral est au plus bas et que les jours à venir vont être difficiles. Interrogatoire devant les autorités, l'angoisse qui va l'envahir en permanence, des cauchemars qui referont sûrement surface. Je ne sais pas comment je vais faire pour réparer tout ça. Je n'ai pas été à la hauteur. J'ai tout foiré. Et putain, j'ai horriblement peur qu'elle me quitte. Je ne me vois pas faire ma vie sans cette fille. C'est comme si tous mes rêves se brisaient. Mon destin est avec elle. Elle est bien plus importante que la musique. J'ai fait de mon mieux pour arriver à temps afin de la secourir, mais j'ai l'impression que je n'ai pas été assez rapide.

En posant ma main sur la sienne, je sens ses doigts qui remuent. Elle cligne des paupières et tourne brusquement la tête vers moi. La peur l'envahit. Ses lèvres tremblent. Je me lève du fauteuil à toute vitesse.

— C'est moi, ma chérie. Tout va bien.

Elle se met à pleurer. Putain ! Mon cœur saigne. C'est insupportable.

Je caresse son visage et l'embrasse sur son crâne. J'ai envie de la serrer dans mes bras.

— Tout va bien se passer. Je suis là, mais putain, je m'en veux.

Mes émotions finissent par lâcher. Je ne me souviens plus de la dernière fois que j'ai pleuré, mais la douleur qui s'infiltre en moi est tellement puissante que je ne retiens plus mes larmes. J'ai lutté pendant plusieurs heures, mais là j'ai besoin de tout évacuer.

Je fais les cent pas dans la chambre en me tirant les cheveux. Je jette des coups de pied imaginaires devant moi. J'ai envie de me punir, de me foutre des baffes. Putain ! Je suis trop con !

Deux petites mains se posent sur ma taille et une chaleur que j'aime le plus au monde m'enveloppe. Bordel ! Elle ne devrait pas être debout. Je me retourne en fronçant les sourcils et d'un ton autoritaire, je m'exclame :

— Aileen ! Va t'allonger sur le lit !

Elle secoue la tête et m'attire contre elle. Elle tient à peine sur ses jambes.

— Tu dois te reposer.

— Je vais bien, Evan, répond-elle en sanglotant.

Je ricane nerveusement. Elle ne me fera pas croire une chose pareille.

— Non, tu ne vas pas bien. Fais ce que je te dis.

Elle secoue de nouveau la tête. Je reconnais ma petite pomme entêtée. Mais, elle ne gagnera pas.

Je prends sa main et la dirige vers le fauteuil. Je m'assieds et la fais basculer sur mes genoux. Immédiatement, elle cale sa tête sur mon épaule. J'avais besoin de la sentir contre moi. Mes sanglots finissent par s'atténuer et les siens aussi. On est tellement bien dans les bras l'un de l'autre.

Nous restons silencieux pendant un court instant. J'imagine mon avenir avec elle. La musique est ma passion, mon travail, mais je pourrais prendre un peu de recul pour former une famille, car au fond de soi, ce que l'on recherche le plus dans sa vie, c'est l'amour. Je pourrais lui apporter tout le bonheur qu'elle souhaite, même si je sais que les médias seront souvent derrière nous pour nous faire chier. Elle m'a avoué plusieurs fois qu'elle aimerait faire le tour du monde. Pourquoi pas ! Je suis partant ! Mais je dois connaître sa décision avant tout. Est-ce qu'elle voudra continuer son chemin avec moi ? Je dois en avoir le cœur net maintenant et si elle me dit non, je serai quand même là pour la protéger.

Je soulève sa tête et plonge mon regard dans le sien. Il est toujours aussi triste. Délicatement, je l'embrasse en fermant les yeux. Mes lèvres restent fixées sur les siennes comme si c'était un des derniers baisers que l'on échangera. Un énorme frisson m'envahit quand elle entrouvre sa bouche. L'espace d'un instant, je ne me soucis de rien. Je plonge dans notre bulle, savourant ce long baiser exquis. Du bout des doigts, je caresse son visage, tandis qu'elle aventure les siens dans ma chevelure. Sa langue s'enroule contre la mienne dans une lenteur qui fait vibrer mon cœur. Et pas que mon cœur. Mais je dois contrôler mes pulsions. Toutefois, le peu que notre passion devienne romantique ou endiablée, mon corps se réveille. C'est plus fort que moi. Elle me fait tellement d'effets.

Je mets fin à notre baiser avant que mon envie se manifeste.

— Pourquoi souris-tu ? me demande-t-elle en frottant son nez contre le mien.

— Parce que je te trouve belle.

Elle fronce les sourcils. Un petit rictus se dessine sur son visage. Ça me fait tant plaisir.

— Tu mens !

— Non… je ne mens jamais. Tu es magnifique et…

Je laisse ma phrase en suspens. Je reprends possession de sa bouche tout en douceur de peur de lui faire mal.

— Et quoi ? Tu as encore envie de me rendre folle ?

— Je te jure, Aileen, quoi que tu fasses, je bande. J'ai honte de te dire ça là maintenant, mais c'est difficile de te résister. Pardonne-moi.

Elle rit.

— Pourquoi devrais-je te pardonner ? C'est plutôt flatteur.

Son regard change et ses lèvres tremblent soudainement.

— Je t'aime tellement, Evan.

Elle se met de nouveau à pleurer et pose sa tête sur mon épaule. Je lui caresse le dos, les larmes aux yeux.

— Si tu veux partir, Aileen, fais-le. Je ne te retiens pas.

— Quoi ? Qu'est-ce que tu racontes ?

— J'ai foiré plusieurs fois. Tu te souviens quand je t'ai dit que je serai ton mur de verre ? Eh bien… je n'ai pas tenu ma promesse. Je ne t'ai pas assez protégée et je m'en veux pour ça. Fais ce dont tu as envie.

— Arrête de parler, me coupe-t-elle en hurlant, les joues qui deviennent rouge pivoine. Non, non, non, non ! J'ai besoin de toi. Ne me redis plus jamais ça. Ma vie est avec toi. Je m'en fiche du reste.

Elle semble perdue. Je la sens trembler. Je la serre contre moi. Putain ! C'est tout ce que je voulais entendre. Je ne pouvais pas imaginer de ne plus être avec cette fille. Cette fille qui a fait vibrer mon cœur dès le premier regard. Dorénavant, elle sera sous ma plus grande protection. Toujours avec elle.

— Tu mènes une vie impossible à cause de moi et tu comptes continuer ? Je pensais que tu aurais voulu me quitter.

— Jamais. Tu es fou d'imaginer ça.

— Ouais, je suis fou... fou de toi, ma chérie. Et tu sais quoi ?

— Non, quoi ?

— Je veux me marier avec toi.

— Ça tombe bien, moi aussi.

Nous éclatons de rire. Un bien fou. Mon Dieu ! J'en pleure de joie.

Nous nous embrassons dans un baiser passionné qui dure une éternité. Tout ce que j'aime. Au bout d'un certain temps, elle finit par sombrer. Il se fait très tard. J'ai hâte de pouvoir sortir de cet hôpital. Son père se fait un sang d'encre, même si j'ai essayé de le rassurer le mieux possible. Il doit être sur la route actuellement. Quant à Shelly et Sacha, ils sont à l'hôtel. Demain, nous passerons la journée avec eux et nous repartirons chez nous. La vie ne sera pas simple, mais c'est fini. Kristen, Jedi et Axel vont s'en mordre les doigts. Le sort est entre les mains de la justice. J'espère qu'ils crèveront derrière les barreaux.

Chapitre 19
Call It Fate, Call It Karma
« Appelle ça le destin, appelle ça le karma »
(The Strokes)

Aileen

La peur me ronge. L'angoisse fait partie de ma vie en permanence. Mais autour de moi, les personnes que j'aime le plus au monde essaient de me faire oublier ce que le destin m'avait prédit. Un destin imprévisible, parsemé de bonheur, de joie, d'embûches, de tristesse et de souffrance. Toutefois, j'ai envie d'être forte, de vivre une vie emplie d'amour. Je vais me battre et ne pas me laisser pourrir la vie par ces crétins. La vie c'est comme ça, on ne sait jamais à quoi s'attendre.

Enfin je retrouve mon cocon après avoir passé des heures au commissariat. Je n'en pouvais plus. J'avais du mal à m'exprimer à cause des pleurs qui m'envahissaient. Le vol de mon sac à main, la photo d'Evan et d'une autre femme, l'agression d'Adam, tout ça me revient sans cesse en mémoire. Une perquisition a eu lieu au domicile de Kristen et ils ont trouvé tous mes biens dérobés. Une autre personne était dans le coup : le frère jumeau de Kristen, qui lui ressemble comme deux gouttes d'eau. Je pensais qu'elle était fille unique. En réalité, je ne connais rien de sa vie. Il a avoué que c'était lui l'agresseur d'Adam et que c'était lui également qui avait volé mon sac. Il est ingénieur en informatique. Ce n'était donc pas difficile pour lui de trafiquer nos photos. Il semblait perdu lors de l'interrogatoire. Je lui en veux d'avoir fait ça à Adam. Il va le payer cher aussi. Je ne sais pas ce qu'il encourt. Je pense que la peine sera moins forte à son égard. Kristen l'a pris dans ses filets, mais contrairement aux autres, il n'a pas cherché à me tuer. Elle avait simplement besoin de lui pour vivre de son bonheur, c'est-à-dire, me pourrir la vie.

Je sors de la salle de bains, habillée d'un pull gris et d'un pantalon noir. Terne comme mon humeur. Je ne suis pas maquillée ni très bien coiffée. Je n'en ai pas le courage.

En avançant dans le salon, tous les regards rivent sur moi. Emma, Adam, mon père, Shelly et Sacha. Ils m'offrent un sourire, certains avec un brin de tristesse, d'autres un peu plus gaies. J'essaie de le leur rendre, mais c'est difficile. Toutefois, quand mon crush marche vers moi, mon cœur s'apaise. Son regard me fait fondre comme à chaque fois. Sa tendresse, sa gentillesse et sa façon de prendre soin de moi cicatrisent petit à petit les blessures en moi.

Il ouvre ses bras et directement je me niche contre lui. Mon sauveur.

— Tout va bien se passer maintenant, Aileen. Je te le promets. Plus rien ne t'arrivera. Fais-moi confiance.

— Je te fais confiance.

Qu'est-ce que je ferais sans cet homme ? Peut-être que rien de tout ceci ne me serait arrivé si je ne le connaissais pas, mais je ne peux pas imaginer ma vie sans lui. Mon amour est trop fort, mes sentiments grandissent de jour en jour. Evan est toute ma vie.

Chapitre 20
Welcome to Japan
« Bienvenue au Japon »
(The Strokes)
Partie 1

Evan

— Un, deux… et trois.

Je détache le bandeau posé sur ses yeux et je lui fais découvrir le paysage. Ses pupilles brillent en éclat. Je crois que je viens de lui en mettre plein la vue, mais pour elle, je pourrais faire n'importe quoi. On avait besoin d'évasion. Nous avons vécu deux semaines insupportables sous la pression des autorités qui nous ont interrogés pendant des heures sur les faits passés. Des infos plus ou moins agaçantes divulguées sur les réseaux sociaux, des journalistes qui nous surveillaient 24 h/24. Deux semaines où l'angoisse l'a rongée. Des nuits cauchemardesques. Des journées difficiles. Et je m'obstine à dire que tout est ma faute. J'aurais dû me renseigner mieux sur Jedi. Elle a avoué que Kristen lui avait proposé un paquet de fric si elle coopérait avec elle. J'ai compris pourquoi elle n'a pas hésité. Elle est fauchée comme les blés, un détail que je ne savais pas. J'espère que la sanction sera haute pour ces trois connards ainsi que pour son frère qui les a aidés dans leur folie. En attendant, ils sont sous les barreaux et ça me fait vachement plaisir.

Nous n'étions jamais seuls à l'appartement. Aileen avait le soutien de son amie Emma, son père et sa sœur. Mais, maintenant, j'ai besoin d'être qu'avec elle et j'ai trouvé cet endroit charmant, loin de New York.

— Bienvenue au Japon, ma chérie. Ça te plaît ?

— C'est juste… waouh ! Evan ! C'est trop beau !

Elle se jette sur moi et pose ses lèvres partout sur mon visage. Putain ! J'aime trop ça.

— Quinze jours de détente dans ce lieu paradisiaque. Je sens que ça va être chaud et pigmenté.

— Merci pour tout, Evan. Tu es trop adorable.

Et encore, elle n'a pas tout vu.

Je lui décoche un clin d'œil. Elle sourit. Un sourire qui m'arrache un frisson. Appuyée contre la balustrade sur la terrasse en bois, je me blottis derrière elle et l'étreins. Cet endroit est magique. Nous pouvons admirer une magnifique vue sur l'océan qui jouxte le parc national. À l'écart de tout. Un dépaysement complet là où personne ne viendra perturber nos vacances. Enfin, pas pour l'instant. J'ai une surprise pour elle qui va lui faire énormément plaisir. D'ici quelques jours…

— J'ai quelque chose pour toi, murmuré-je au creux de son oreille. Rentrons.

Je prends sa main dans la mienne en nous dirigeant devant la somptueuse propriété. Son regard s'illumine dès que l'on pose les pieds dans le salon immense, décoré de nombreuses plantes vertes, de murs fraîchement peints dans les nuances de gris.

Je la fais asseoir sur le canapé d'angle recouvert de multiples coussins beiges et marche jusqu'au couloir. J'ouvre ma valise et sors mes trésors. J'ai le cœur qui sprinte dans ma poitrine.

— Tu es prête ?

Elle hoche la tête.

Je dispose trois écrins sur la table basse en bois qui se trouve devant elle. Je la contemple. Elle est rayonnante dans sa petite robe fleurie. Ses cheveux sont relevés en chignon flou et son teint a pris de la couleur. J'apprécie son joli décolleté. Nom de Dieu ! Quelle bombe !

Putain ! Contrôle-toi, Evan !

— Choisis celle que tu préfères.

Elle se lève en plaquant sa main sur sa bouche et se penche pour admirer les trois bagues scintillantes.

— Oh ! Mon Dieu ! Je ne sais pas laquelle choisir. Elles sont toutes belles.

— Alors, prends les trois.

Elle sourit puis une par une, elle les enfile sur son annulaire droit. Elle hésite un long moment, mais finalement, elle me montre celle en or blanc, incrusté de diamants et d'un rubis au centre.

— Je sais pourquoi tu as choisi celle-ci, dis-je en prenant sa main dans la mienne.

Ses joues s'empourprent davantage.

— Le rouge, la couleur comme ton surnom, petite pomme. Je t'avais promis une bague de fiançailles. J'ai trop trainé. J'aurais dû te l'offrir avant.

— Je ne t'en veux pas, Evan. Je ne vois pas comment tu aurais fait vu les circonstances…

Elle ne finit pas sa phrase et je vois ses pupilles briller.

Changeons de conversation. Je ne veux pas voir la tristesse dans ses yeux !

— La plus jolie des fiancées sur terre. Tu as fait le bon choix.

— Elle est magnifique et faite pour moi. On dirait que tu as pris la mesure de mon doigt.

Je pouffe de rire.

— Ah, mais je ne me trompe pas ! Tu as pris la taille de mon doigt ? Mais quand ?

— Quand tu dormais comme un bébé et…

Et je crois que je vais encore la rendre folle ! J'ai décidé de ne pas tout révéler.

Je lâche sa main et me dirige vers l'espace cuisine. Toutefois, elle court après moi et me tire le bras pour que je revienne dans le salon. Je ne résiste pas. Elle me bascule sur le canapé et se positionne au-dessus de moi. Sa poitrine sur ma bouche. Elle ne devrait pas faire ça. Depuis deux semaines, je ne l'ai pas touchée, mais là, c'est une terrible tentation. Je crois que les vacances s'annoncent caniculaires.

— Finis ta phrase ! Qu'est-ce que j'ai encore fait ou dit ?

Elle fronce les sourcils.

— Je te le dis si tu me laisses embrasser mes joujoux.

Elle lève les yeux au ciel.

— Tu rêves ! Tu crois que je vais céder ?

— Oui.

— Tu es trop sûr de toi, tu ne devrais pas.

Elle tente de s'échapper, mais ça ne va pas se passer comme ça.

Je me lève et la chope par la taille afin de la porter. Elle se met à crier en essayant de se débattre. Je lui donne une claque sur les fesses et cherche notre futur cocon. C'est immense ici, mais je repère la chambre spacieuse assez vite. Je l'allonge sur le lit, recouvert d'une couverture rouge et d'un drap en soie ivoire puis grimpe sur ce corps merveilleux qui me donne envie de jouer. Cependant, je suis tellement pressé de lui faire l'amour, que le jeu attendra. Tant pis ! Elle m'a trop manqué. Je suis en feu.

Complètement impatient, je pince entre mes doigts le haut sa robe et d'un coup, je l'arrache. Je me jette sur sa poitrine, soulève les bonnets de son soutien-gorge et m'empare de ses tétons en tournoyant ma langue lentement tout autour pour la voir prendre du plaisir. Un long gémissement s'échappe de ses lèvres. Il suffisait simplement de ça pour que je gagne. Elle cède fréquemment et j'avoue que ça me fait souvent sourire.

— Ça m'a manqué tout ça.

— Tu viens de déchirer ma robe !

— Pas grave, tu en auras d'autres… que j'arracherai également.

Nous pouffons de rire. Elle passe ses bras autour de mon cou. Nous échangeons un long baiser langoureux. Ma queue durcit rapidement dans mon pantalon. Nous roulons sur le matelas, un de nos jeux préférés, mais lorsqu'elle me domine, elle me lance un sourire ravageur et se lève précipitamment. Elle court comme une athlète de haut niveau. Putain ! Merde ! Elle a déjà disparu. La garce !

Je sors de la chambre. Il est trop tard. Elle vient de s'enfermer dans une pièce. Près de la porte, je m'exclame :

— Je me vengerai. J'y parviendrai.

Tant que tu ne m'auras pas avoué ce que j'ai fait, tu perdras.

Ce sont les derniers mots qui sortent de sa bouche avant que j'entende l'eau couler de la douche. Je ne lui dirais rien. Elle aura la surprise plus tard. Mon but : lui en mettre plein les yeux. J'espère que tout va se passer comme je le souhaite.

Chapitre 21
Welcome to Japan
« Bienvenue au Japon »
(The Strokes)
Partie 2

Aileen

J'ai adoré Hawaï, mais le Japon c'est encore plus beau. Depuis cinq jours, Evan me fait vivre un rêve. C'est toujours comme ça quand je suis avec lui. Il fait tout pour me rendre heureuse.

Nous avons profité de la luxueuse piscine de notre villa ainsi que du décor qui se présentait à nous, un magnifique jardin ombragé par de nombreux arbres et décoré de parterres de fleurs de toutes sortes de couleurs. Le temps est splendide en ce début de mois de mai, c'est agréable. Je me sens mieux. Et tout ça, c'est grâce à lui. Il n'arrête pas de dire qu'il regrette tout ce qu'il s'est passé, mais comment lui faire comprendre que rien n'est de sa faute ? Il m'a sauvée, c'est tout ce qui compte. J'ai toujours cette peur qui me ronge, mais je sais que mes agresseurs sont très loin de moi et qu'ils vont encourir une très grosse peine. Cependant, nous ne savons pas quand le jugement aura lieu. Ça peut prendre énormément de temps.

Mon père me harcèle presque tous les jours. Des dizaines de messages et au moins deux appels, un le matin et un le soir. Je ne lui ne veut pas d'être aussi imposant. Je crois qu'il a encore plus peur qu'avant. Malheureusement, je ne peux pas le rassurer. Lui dire que tout va bien serait lui mentir. La vie est faite d'embûches et nous devons apprendre à vivre avec. J'essaie vraiment de ne plus penser à Kristen et Alex. Les cauchemars sont moins présents, mais ça m'arrive parfois de me réveiller en sursaut et en sueur. Les bras d'Evan sont mon seul refuge d'apaisement.

Hier, nous avons visité le Hitsujiyama Park, du plaisir plein les yeux en admirant un tapis de fleurs roses, rouges, blancs et violettes qui se dessine au pied du mont Buko. On a traversé la ville en serpentant les rues en pavés. Comme des enfants, nous avons parcouru ce champ floral, main dans la main. Ce parc est immense et m'a fait penser à un monde de conte de fées. Nous sommes restés assis un moment près d'un cerisier à contempler la si belle vue. Enlacée dans les bras d'Evan, il m'a chantonné quelques refrains de son répertoire. C'était un moment magique. Le soir, nous avons dégusté des spécialités japonaises. Pour moi, c'est vraiment la meilleure nourriture sur terre. Je l'ai étonné d'avoir avalé autant d'aliments. Il faut dire que ces derniers temps, je mangeais très peu.

Je pensais gagner, résister à ses avances sexuelles, mais mon cerveau à refuser d'obtempérer. De toute façon, il faisait exprès de coller son corps nu contre le mien dans notre lit douillet. Des baisers à m'en faire perdre la tête, des caresses osées. J'avoue que j'étais en manque de lui, de cet homme qui enfièvre tout mon être. Pas de jeu, simplement de la tendresse et c'était aussi bien.

Je sors de la salle de bains, vêtue d'un peignoir blanc, une serviette enroulée sur mes cheveux humides. Evan parle au téléphone en regardant la vue derrière la baie vitrée. J'attrape une pomme dans le panier de fruits qui est posée sur le plan central de la cuisine et grimpe sur un tabouret.

En croquant dans mon fruit, j'écoute Evan en pleine discussion avec je ne sais qui.

— Parfait ! N'oublie pas ce que je t'ai dit. Je compte sur toi. Salut !

Il raccroche et quand il se tourne dans ma direction, il semble surpris de me voir. Ses joues rougissent.

— Oh ! Tu es là ?

— Oui, je suis là ! Pourquoi me dis-tu ça ?

Il range son cellulaire dans la poche de son jean et vient vers moi en passant ses mains dans ses cheveux nerveusement. Il me cache quelque chose. Il semble embarrassé.

— Pour rien, je ne t'ai pas entendue.

— Qui était-ce au téléphone ?

— Oh… euh… Logan.

Il embrasse mon front et se sert un verre d'eau. Il le boit d'une traite. Pas très bavard. Il va falloir que j'insiste pour en savoir plus.

— Et qu'est-ce qu'il voulait ?

— Tu es bien curieuse. Rien d'intéressant.

Rien d'intéressant ! Je ne le crois pas une seule seconde.

Je me lève d'un bond en boudant et trottine jusqu'au salon. Je m'approche de la baie vitrée puis contemple le ciel d'un bleu clair et limpide. Je l'entends ricaner derrière mon dos ce qui provoque une rage encore plus profonde en moi.

Je me retourne pour l'observer, il n'est qu'à quelques millimètres de moi. Mes yeux restent fixés un instant sur son torse, car comme à son habitude, il a ouvert sa chemise de moitié. Et je fonds juste pour ça. Il incline sa tête pour m'embrasser, mais je ne céderai pas. Je lui adresse un regard venimeux avant de quitter le salon. Toutefois, il me rattrape par le poignet, me ramène à lui et mord dans ma pomme. Sa façon de le faire est tellement aguichante que des frissons m'envahissent.

— On doit tout se dire, ne l'oublie pas, dis-je en soupirant.

— Je sais. Mais tu sauras tout demain. N'insiste pas. C'est une surprise.

Je lève les yeux au ciel. Son front se plisse.

— Aileen… S'il te plaît… Je n'ai pas envie que l'on se fâche pour ça…

— Mais…

— Mais, rien, me coupe-t-il en posant son index sur mes lèvres. Fais-moi confiance.

Inutile que j'insiste. Il ne m'en dira pas davantage. Une surprise ! Il m'en a déjà fait deux. Ce voyage au Japon et la bague de fiançailles. C'est suffisant. Mais que veut-il m'offrir de plus ? Tout ce que je veux c'est lui. Rien d'autre.

Je lance un long soupir, mais, comme par enchantement, la colère disparait. Une fois de plus, je cède. Me fâcher avec lui est impossible.

Il m'enlace et respire dans mon cou. Mon cœur s'affole. Ses lèvres viennent se poser sur les miennes dans une grande délicatesse pendant qu'une de ses mains glisse sous ma mini-jupe. Du bout des doigts, il effleure ma cuisse. Il me susurre des mots doux au creux de l'oreille. Je m'abandonne complètement pour voyager dans notre océan rose.

***

Je cligne des paupières. Les rayons du soleil filtrent à travers les rideaux de la chambre. Il fait jour. J'ai dormi comme un bébé. Hier, j'ai passé un moment fantastique dans les bras de mon fiancé. Nous sommes restés dans cette jolie maison à nous peaufiner sur la terrasse, en ne pensant à rien. Un vide complet dans ma tête. Evan se comporte comme un prince. Qui ne désirerait pas avoir un mec comme lui ? Toujours aux petits soins pour moi.

Je fais un retour en arrière de cinq ans où j'écoutais en boucle ses chansons. J'étais méga fan de lui. Il m'a tout de suite plu, aussi bien par sa voix que par son physique. Il était l'homme de mes rêves. J'espérais un jour le rencontrer et jamais je ne me serais attendue à ce qu'il fasse partie de ma vie. Je me souviens également de mon premier concert, il y a deux ans. J'ai eu de la chance ce jour-là. J'ai poireauté pendant des heures devant la salle et je l'ai vu arriver avec ses lunettes de soleil en forme de cœur. Il sortait de son bus. Il m'a regardée et m'a souri. Pour moi, c'était déjà beaucoup. Il m'avait vue. J'étais la plus heureuse. Aujourd'hui il est ma moitié et je ne saurais plus me passer de lui. Un grand rêve d'une fan qui s'est réalisé.

Je place ma main devant mes yeux pour contempler ma bague de fiançailles. Elle est superbe. Je souris. J'ai encore du mal à croire que je vais me marier. Je voyais ce rêve se réaliser dans une dizaine d'années. C'est vrai que tout se précipite, mais ça me va. Je me fiche de ce que l'on peut penser. Mes amis me comprennent et c'est tout ce qui compte. Quant à mon père, il ne s'est pas exprimé à ce sujet. On devait en parlait le jour où nous sommes allés chez lui, mais Shelly a changé les plans.

En tournant la tête vers la fenêtre, je me rends compte qu'Evan n'est pas à côté de moi. Je ne sais pas l'heure qu'il est, mais j'ai le pressentiment qu'il m'a laissé dormir une bonne partie de la matinée.

Je m'étire et pousse la couverture rouge posée sur mes jambes. Je m'extirpe du lit, enfile un peignoir, passe ma main dans mes cheveux pour leur donner un peu d'ordre et m'aventure vers la cuisine. Je ne bouge plus. Je dois encore rêver. Pourquoi Mila et Emma seraient-elles devant moi ?

Je me pince le bras si fort que ma voix résonne dans la pièce. Mes amies sont toujours devant moi, un énorme rictus qui s'élargissent sur leur visage. Je n'y comprends rien.

Je n'ai pas bu de whisky !

— Euh… On m'a droguée ? demandé-je en posant les mains sur mes hanches.

— Surprise ! s'écrient-elles en courant vers moi.

Ce n'est pas mon anniversaire ! Qu'est-ce qu'elles font ici ?

Mes deux amies m'encerclent dans leurs bras chacune leur tour. C'était donc ça la surprise d'Evan. Mais où est-il ? Je regarde autour de moi. Je ne le vois pas. Il est peut-être dehors.

— Que faites-vous ici ? Je demande en m'aventurant vers la porte-fenêtre.

Emma se met devant moi et me barre le passage en écartant ses bras et ses jambes. Je la contemple en relevant un sourcil. On dirait une position de yoga bizarre, ou une nouvelle prise de combat.

— Interdiction ! Tu es sous notre responsabilité. Tu vas devoir te faire bichonner par tes copines.

— Bichonner ? Pour quoi faire ?

Emma glousse. Qu'est-ce que ces filles me cachent ?

— Pour ton mariage, intervient Mila. Allez viens !

Euh… Mon mariage ? Je vais faire une syncope. Je me rattrape de justesse au bras de Mila avant que je me ratatine à terre.

— Mais je ne vais pas me marier aujourd'hui. Je n'ai pas de robe, pas de bagues, ni de fleurs.

Emma ricane.

— Comme si Evan n'avait rien prévu, pouffe-t-elle en me faisant avancer dans le couloir.

Mes deux amies me tiennent chacune par le bras. Emma pousse la porte de la salle de bains et me fait asseoir sur une chaise. Elle ouvre le robinet de la baignoire, verse du savon et chope une serviette qui se trouve sous le meuble du lavabo. Une odeur délicieuse de pomme d'amour se propage jusqu'à mes narines. Bordel ! Je vais me marier ! Oh ! Mon Dieu ! Oh ! Mon Dieu ! Oh ! Mon Dieu !

— Entre là-dedans, m'ordonne Mila en me montrant la baignoire.

— Mais non ! Je ne vais pas me mettre à poil devant vous !

— Oh ! C'est bon ! J'ai déjà vu une chatte. Je te signale que j'en ai une aussi.

Non, mais vraiment ! Quelle idée !

— Et vous allez rester à côté de moi pour me regarder ?

— Ouais… Est-ce que tu veux un petit canard pour t'amuser ?

— Tu es carrément folle, Emma, dis-je en levant les yeux en l'air.

Nous pouffons de rire.

— Allez, entre m'ordonne Mila. Je vais préparer ta robe pendant que tu te détends un moment. Evan m'a dit qu'il veut que tu sois imprégnée de l'odeur qu'il préfère. Hop ! Hop ! Ne perds pas de temps. On a encore beaucoup à faire.

— Mais où est-il ?

— Ça ne te regarde pas pour l'instant et de toute façon je ne te dirais rien, dit-elle en tirant la langue.

Je lâche un énorme soupir, retire le peignoir en tremblant et entre dans cet espace relaxant. Emma jette un canard dans la baignoire. Je n'y crois pas !

— Garde-le ! Je n'en veux pas de ton truc, ricané-je en le lui lançant vers elle.

Elle rit comme une sotte. Je glisse dans l'eau, faisant uniquement dépasser ma tête. Je me sens bien là, mais mon cœur ne s'arrête pas de battre nerveusement. Je vais me marier. C'est tout simplement… waouh ! Et terriblement stressant !

***

Je suis restée presque une heure dans la salle de bains. J'ai voulu questionner Emma, mais jamais elle n'a dévoilé quoi que ce soit. Ce qu'elle s'est juste permis de faire est de passer en boucle des chansons des Black Devils et s'amuser avec le canard en le jetant dans l'eau sans arrêt.

Depuis quinze minutes, j'attends, assise sur le bord du lit, pour que l'on vienne s'occuper de moi. Je n'arrête pas de balancer mes jambes nerveusement d'avant en arrière et mon cœur ne s'est toujours pas calmé depuis l'annonce de ma merveilleuse journée. Je me répète mentalement mon futur nom avec mon prénom. Aileen Swain. Ça sonne bien.

Je sursaute lorsque l'on frappe à la porte.

— C'est nous, s'exclame joyeusement Mila accompagnée d'Emma, ma sœur et Kathy.

Kathy ? Je suis surprise. Je ne lui ai jamais beaucoup parlé. Elle travaille à mi-temps au studio afin de s'occuper des ventes sur internet et diverses paperasses. Elle est toujours fringuée d'une façon assez spéciale. Une robe rouge évasée à rayures jaune et orange. Mais ce qui me choque le plus, ce sont ses baskets compensés verts fluorescents. Elle devrait faire appel à un coach vestimentaire. C'est de mauvais goût.

Mila vient vers moi avec un long sachet blanc dans ses mains.

— Séance coiffure, dit mon amie. Kathy va te proposer plusieurs modèles.

Je fais les gros yeux. Kathy va me coiffer ? Dois-je m'attendre à une coiffure spéciale toute moche ?

— Vous êtes secrétaire et aussi coiffeuse ? demandé-je en essayant de prendre un timbre correct pour ne pas montrer mon doute.

— Simplement secrétaire, mais j'ai le talent pour faire de beaux chignons, me répond-elle en me décochant un clin d'œil.

OK ! Connaissant Evan, il n'a pas dû se tromper de personne. Kathy doit être une experte. Je prie pour que ce ne soit pas une catastrophe.

Ma sœur me serre dans ses bras et m'embrasse sur la joue. Mais elle n'a pas le temps de me dire quoi que ce soit, Mila attrape mon poignet et me fait sortir de la chambre à toute vitesse. Je me retrouve assise sur une chaise dans le salon, Kathy derrière moi, prête à me montrer ses talents de coiffeuse.

— Tu es prête à voir ta robe ?

Oh ! Mon Dieu ! J'ai le cœur qui s'emballe.

Je hoche la tête. Délicatement, elle abaisse la fermeture du sachet et sort la robe blanche.

— Tadam ! La voici ! Il a plutôt bon goût ce charmant Evan.

Je plaque mes mains sur ma bouche. Le soleil qui filtre à travers la pièce fait briller en éclat la robe comme si elle était incrustée de nombreux diamants. Elle est courte sur le devant et à l'arrière, elle dégage une longue traine.

— Waouh ! Elle est magnifique, s'exclame ma sœur.

— Et très sexy, ajoute Emma en haussant les sourcils.

— Elle te plaît ? me demande Mila en la faisant tourner pour que je la contemple sous tous les angles.

— Je n'ai pas de mot, dis-je en sanglotant.

C'est parti ! Je pleure comme une madeleine. Shelly se rue sur moi.

— Le plus beau jour de ta vie ma grande sœur, me chuchote-t-elle en m'étreignant très fort. Je suis trop heureuse pour toi.

Je souris et hoche la tête.

— Oui… le plus beau jour de ma vie, je répète tout bas.

***

Pendant quelques minutes, je reste à m'observer devant le miroir de la chambre, frissonnante et haletante. Un coup à droite, un coup à gauche. Cette robe est faite parfaitement pour moi. Evan a dû prendre les mesures de mon corps pendant que je dormais. J'ai bien l'intention de lui en toucher un mot. Ça ne m'étonnerait pas de lui.

Je n'ai jamais eu de si beaux escarpins à mes pieds. Ils sont blancs, recouverts d'une petite touche pailletée. Ma jarretière est hyper sexy et je doute qu'Evan reste sage toute la journée en me voyant dans cette tenue.

En fin de compte, Kathy m'a fait une magnifique coiffure. Un chignon haut laissant quelques mèches frisées s'en échapper, le tout sublimé par quelques strass. Un collier argenté et des boucles d'oreilles en forme de ficelles tressées apportent la touche finale à ma tenue.

Je ferme les paupières en posant mes mains l'une au-dessus de l'autre sur mon cœur et tente de me calmer. J'inspire et expire lentement plusieurs fois de suite. Ça ne fonctionne pas. J'essaie de nouveau de me focaliser sur ma respiration, mais Mila entre dans la chambre comme une tornade, ce qui fait accélérer mes pulsations cardiaques.

— Il faut y aller, dit-elle, en pointant son index sur la montre en or qu'elle porte au poignet.

Je la contemple. Une longue robe rouge lui moule le corps. Ses cheveux sont ornés d'un petit diadème argenté.

Elle avance vers moi, inspecte ma coiffure et glisse un peigne composé de fleurs blanches derrière mon chignon.

— On avait oublié ce petit accessoire, commente-t-elle en reculant pour m'admirer. Tu es vraiment jolie. Evan va devoir bien se tenir.

— Vu la façon dont vous m'avez pomponnée, je n'y crois pas de trop.

Nous nous éclaffons et sortons de la chambre. Nous nous aventurons vers le salon où Emma, Kathy et ma sœur patientent en file indienne, chacune dégageant un sourire éclatant. Elles sont habillées comme Mila, sauf Kathy. Elle a apporté une petite touche personnelle à sa robe rouge, des patchs en forme de ronds verts. Il ne manque plus qu'une guirlande électrique et elle ressemblera à un sapin de Noël.

— Bonjour, ma prunelle !

Mon père se pointe devant moi avec un bouquet de roses blanches et rouges dans les mains. Il est vêtu d'un costume noir et d'une chemise blanche. Une cravate rouge embellit sa tenue. Je ne l'avais jamais vu habillé de cette façon. Il a dû faire un effort surhumain. Je lui en suis reconnaissante.

— Tu es magnifique.

Les larmes lui brouillent la vue. J'ai le cœur qui bondit dans ma poitrine.

— Interdiction de pleurer, s'exclame Mila. Tu vas foirer tout ton maquillage et nous n'avons plus le temps de le refaire.

Je ris et retiens mes pleurs. Mon père m'enlace et me gratifie d'un baiser sur le front. Il me tend le magnifique bouquet.

— Allons-y, souffle-t-il. Quelqu'un t'attend dehors. Il a intérêt de toujours prendre soin de toi.

— Ne t'inquiète pas pour ça, papa. Il ne me lâche plus d'une semelle.

— Ah ! J'ai aussi ça pour toi.

Il trifouille dans la poche de son pantalon et sort une bombe lacrymogène. Je lève les yeux en l'air.

— Jette-moi ça ! Je n'en ai plus besoin !

— On ne peut rien prévoir, Aileen. Et tu sais que j'ai toujours peur pour toi.

Je pose ma main libre sur son épaule.

— J'espère que ce n'est pas mon cadeau de mariage, ironisé-je.

— J'en ai prévu tout un stock.

— Tu ne changeras jamais, papa. Ne t'inquiète pas. Je n'en aurais pas besoin aujourd'hui, mais j'accepte tes cadeaux.

Je lui décoche un clin d'œil. Je crois qu'il ne s'habituera jamais à ma nouvelle vie.

Escortée par mon père, je marche lentement vers la baie vitrée.

— Oh! Mon Dieu! Attends deux minutes, Aileen, s'écrie Emma. J'ai oublié un détail important!

Elle se met à courir dans le couloir. À peine une minute plus tard, elle se rue sur moi et m'asperge de parfum. Le parfum qui fait tant fondre mon futur mari.

— C'est bon! Tu peux y aller maintenant, dit-elle, essoufflée.

Mila ouvre la porte vitrée. Devant moi, c'est un feu d'artifice de fleurs, de guirlandes et de ballons de toutes sortes de couleurs qui embellissent la terrasse. Le ciel est clair, sans cumulus et les températures sont douces. Le rouge me monte directement aux joues en apercevant tous mes amis se levant de leur chaise drapée d'une housse blanche en soie. Je vois tous les membres des Hot Boys, des Black Devils, les parents d'Evan ainsi qu'Ashton.

Je ferme les yeux quelques secondes et reprends ma marche aux côtés de mon père. Une musique retentit soudainement. Légère, apaisante qui me donne des frissons lorsque la voix d'Evan enchante la terrasse. Un micro dans la main, debout devant une arche recouverte de lierres et de fleurs, mon corps se paralyse par l'écoute de ses paroles. Ma chanson. *Tout le temps avec toi.*

Nos regards se croisent. Ma bouche se fend d'un sourire. Son visage si rayonnant m'apporte directement une bouffée de chaleur. Je me sens détendue, même si mon cœur s'autorise toujours à faire du marathon dans ma poitrine. Evan est vêtu d'un costume noir et d'une chemise blanche qui est boutonnée de moitié. Ses cheveux noir ébène sont légèrement en pagaille, comme je les aime.

Il me tend sa main, en venant vers moi dans une marche nonchalante. Mon père me libère et rejoint les autres invités dans une allée de chaises. Je me retiens de ne pas pleurer. Ce n'est pas un rêve et pourtant j'ai toujours du mal à y croire. Je ne sais pas combien de fois, je me suis dit ces mots.

Lentement, nous avançons vers l'arche où un prêtre nous accueille pour échanger nos vœux. Plus rien autour de moi n'existe hormis mon beau brun qui m'envoûte par sa voix. Cette chanson nous emporte dans une ballade de paix et de joie. Son accent français me fait fondre et me coupe le souffle.

Il s'arrête de chanter pour laisser le prêtre prendre la parole. J'écoute à moitié ce qu'il dit. Je suis complètement ailleurs, sur un petit nuage. Evan me regarde sans me lâcher des yeux. Il est beau. Mon futur mari.

— Aileen Wiley, voulez-vous prendre pour époux monsieur Evan Swain ?

Mon cœur s'emballe. Mon Dieu ! Oui, oui, je le veux, mais ça ne sort pas. Zut !

— Aileen ? répète-t-il. Voulez-vous prendre pour époux monsieur Evan Swain ici présent ?

— Oh… euh… oui, je le veux.

Oh, je l'ai dit ! C'est fait ! Mais impossible de calmer mon cœur. J'ai l'impression d'être première d'une course d'endurance.

Evan attrape ma main et mentionne les mots qui font sursauter mon cœur quand le prêtre lui demande la même chose :

— Oui, je le veux.

Une magnifique alliance scintillante vient recouvrir mon annulaire gauche. Mon corps se met à trembler. Les larmes m'aveuglent. Je prends la sienne qui se trouve sur un coussin blanc en forme de cœur que Logan me tend. Je souris. La semaine dernière, un soir, enlacée tranquillement dans ses bras, il m'avait montré un catalogue de bijoux. Il a pris en compte l'alliance que j'avais craquée pour lui. Et dire qu'il a préparé tout ça en secret. Le cachotier !

Le prêtre nous déclare mari et femme. Comme dans un conte de fées, mon mari pose ses mains délicatement sur mes joues et m'honore d'un baiser à m'en faire perdre la tête, sous les applaudissements de nos invités.

Désormais, je m'appelle Aileen Swain. Et c'est tout simplement… waouh !

Chapitre 22
Welcome to Japan
« Bienvenue au Japon »
(The Strokes)
Partie 3

Evan

— Madame Swain ? Que faites-vous là, seule dans votre coin ? demandé-je, en posant mes mains sur les hanches de ma petite femme.

Elle sursaute et penche la tête en arrière pour me regarder. Je capture ses lèvres. Un simple baisé, mais qui a le don de me faire des effets de dingue dans mon corps.

— Ce buffet est trop appétissant. J'ai envie de tout manger.

— Et moi, c'est toi que j'ai envie de manger, je réponds d'une voix charmeuse.

Je pose une nouvelle fois mes lèvres sur les siennes et hume son cou. Il est imprégné de mon parfum préféré. J'ai l'impression de planer par cette odeur aphrodisiaque comme si j'avais été drogué. Et cette robe… Nom de Dieu ! Qu'elle est sexy ! Je voulais quelque chose de particulier. J'ai donné tous les critères que je recherchais à Emma et elle s'est chargée de trouver ce petit bonheur. Courte sur le devant et longue sur le derrière. Un peu comme Stéphanie Seymour, dans le clip des Guns N' Roses, November Rain. On dit toujours que le futur marié ne doit pas voir la robe avant le mariage, car ça porte malheur. J'ai tenu ces propos. Je féliciterai Emma. Elle a tout mis en œuvre pour m'éblouir les yeux. J'ai réalisé en peu de temps ce défi, de préparer ce mariage en même pas dix jours. Je suis fier de moi. Tout est réussi. Sans tralala, c'est ce que je voulais.

Je me dandine contre cette silhouette ensorceleuse. La musique sensuelle qui enchante mes oreilles me donne des besoins bien urgents. Je ne sais pas qui a eu l'idée de mettre du Marvin Gaye, mais mon corps ne se contrôle plus. Je ne devrais pas. Ça va mal finir. Je vais juste la toucher un petit peu, parce que j'en ai trop envie. Seulement ses cuisses puis j'irai faire un petit tour auprès de mes invités pour voir si tout se passe comme ils le souhaitent.

Je suis en train de me mentir à moi-même.

Je ferme les yeux. Putain ! J'ai une demi-érection et pour rien arranger les choses, elle remue son popotin contre mon entrejambe en se goinfrant de sushis. Une de mes mains remonte délicatement vers le tissu de sa robe. Je la fourre en dessous. C'était trop tentant et de toute façon, elle a l'air d'apprécier. Elle gémit en mangeant. Elle va me rendre carrément fou. Et puis merde ! Merde ! Merde ! Je ne peux plus attendre.

— J'ai envie de te faire mouiller ta petite culotte, murmuré-je à son oreille.

Elle glousse et ricane en recrachant son sushi.

— Ici ou on s'éclipse ?

Je retire ma main où elle était, mais je ne compte pas m'arrêter.

— Ici, répond-elle en se retournant.

Putain ! Ouais ! Toujours sur la même longueur d'onde. Son regard est brûlant de désir. Je plaque mes lèvres contre les siennes et fais rouler ma langue contre la sienne.

Sensuellement et en grognant, mes mains posées sur ses joues. J'ai la queue qui palpite simplement en lui faisant ça.

— Qu'est-ce que tu veux que je te fasse ?

Je plane. J'ai peut-être un peu trop bu de champagne.

— Fais-moi vibrer de tout mon corps, me murmure-t-elle.

— Oh… ouais, c'est si bien dit. Pour commencer, je vais glisser ma main entre tes jambes et tremper mes doigts dans ton pays exquis. Tu es OK ?

Elle hoche la tête, les joues légèrement rougies.

Je caresse sa cuisse et remonte ma main au plus haut jusqu'à atteindre l'élastique de sa culotte, sans la lâcher des yeux. Et pour pigmenter le tout, je lèche mes lèvres lentement. Je sais l'effet que ça lui fait. Je la sens trembler. Trembler d'excitation. Un, deux, trois, j'y vais.

— Tout va bien les enfants ?

Oh ! Putain ! Merde ! C'est Jeff.

— Très bien, papa, dit Aileen en poussant ma main.

Elle me fait les gros yeux. Je ricane.

— Faites-moi un sourire, nous demande-t-il en positionnant son reflex devant son visage.

J'attire Aileen contre moi qui baisse sa robe discrètement. Je l'embrasse. Clic. J'ouvre ma bouche et fais danser ma langue contre la sienne. Clic.

— C'est bon, ça ira comme ça, s'exclame-t-il. Je vais aller voir ta sœur. Elle n'a pas l'air très en forme. Quelle idée ! Pourquoi a-t-elle voulu garder ce bébé ? Enfin… je vais devoir m'y faire.

— Je suis heureuse pour elle et je vais pouvoir m'amuser de nouveau en faisant du body painting sur son ventre.

Son père souffle en secouant la tête et tourne les talons.

— Bon… On en était où ?

— Recommence depuis le début, ricane-t-elle en enroulant ses bras autour de mon cou.

Elle bat des cils. Et ce sourire… Putain ! Je veux lui faire l'amour sans plus attendre.

— J'ai envie de précipiter les choses. Viens avec moi.

J'enlace mes doigts entre les siens, mais nous n'avons pas le temps de faire un pas qu'un flash d'appareil photo nous éblouit les yeux. Mila.

— Vous êtes trop mignons. Je suis tellement heureuse pour vous.

— Merci, répond Aileen en rougissant.

— Et le prochain projet ? Un bébé ?

— Oh… euh… non. Ce n'est pas prévu pour l'instant. Evan a des concerts à préparer et je dois faire un point sur mon avenir professionnel.

— Tu vas arrêter tes études ? l'interroge-t-elle, étonnée.

— Journaliste n'est pas le métier qui me correspond. Je vais réfléchir pour faire autre chose. Et ton projet bébé ?

Elle soupire.

— Je ne sais pas combien de fois il faut baiser par jour pour avoir une chance de se retrouver enceinte. Je pensais que ça serait plus simple que ça.

— Je suis certaine que tu auras cette chance bientôt.

— Oui, tu as raison. En attendant, on va continuer à baiser comme des lapins, ça me va aussi !

Nous rions. Je ne me suis jamais imaginé avec un bébé dans ma vie. Ce n'est pas dans mes projets pour l'instant. Je veux profiter de ma petite femme. Et j'avoue que ça me fait peur d'avoir un enfant. Les journalistes seront encore plus sur notre dos. Chose qui ne sera pas simple à éviter.

Mila enlace Aileen dans ses bras avant de rejoindre Ashton qui parle avec Jayden et Stan.

— Dépêchons-nous avant que l'on vienne une fois de plus nous perturber. Je ne peux plus attendre, Aileen. Je vais te faire l'amour avec cette robe de mariée qui m'excite.

Nous courons comme des enfants main dans la main vers la maison. Avant d'entrer, je glisse une main sous ses jambes et la porte.

— Comme un gentleman, mais je ne suis pas sûr de rester sage longtemps.

— J'aime bien quand tu n'es pas raisonnable, répond-elle en me caressant la joue.

Ses yeux m'envoûtent. Il n'y a plus une seconde à perdre.

Je m'aventure dans le salon, ma femme toujours dans mes bras. Putain ! J'ai l'impression que l'on ne va jamais être tranquilles. Mes parents apparaissent devant nous.

— Où allez-vous comme ça ? demande ma mère. Ça va être l'heure de faire un discours.

Un discours ! Je pouffe de rire.

— Je n'ai pas envie de faire un discours.

— Oh ! Tu peux faire un petit effort.

— Je te jure maman, je n'ai pas envie là. J'ai un besoin urgent de… faire l'amour à ma femme.

Aileen se met à crier en me frappant l'épaule. J'ouvre la porte de notre chambre et la ferme à clefs.

— Mais pourquoi as-tu dit une chose pareille à ta mère ? Tu es fou ! Tu as vu sa tête ?

— Je n'allais pas lui mentir, elle avait bien compris qu'en entrant dans cette pièce, je n'allais pas simplement te regarder. Autant dire la vérité.

Je hausse les sourcils.

— Maintenant, je vais m'occuper de ton petit corps. Depuis que tu es apparue devant moi avec cette robe, je ne rêve que de ça.

Je la pose délicatement sur le lit et grimpe sur cette jolie princesse délicieuse. J'approche mes lèvres des siennes et contourne ma langue tout autour dans une lenteur qui me procure des frissons. Ses mains sont dans mes cheveux. Elle tire légèrement dessus et gémit contre ma bouche.

— Je ne veux pas jouer là, on prendra le temps plus tard. On va faire l'amour la première fois en tant que mariés, j'ai envie que ce soit magique à tes yeux.

— J'ai une question. Tu as pris les mesures de mon corps pendant que je dormais ?

— Pourquoi dis-tu ça ? demandé-je en souriant.

— Parce que cette robe me va parfaitement.

Je prends son visage en coupe et plonge mon regard dans le sien :

— Je connais ton corps par cœur. Pas besoin de prendre tes mesures.

Je lui offre un baiser doux et sensuel avant d'entrer dans les profondeurs du désir, c'est-à-dire là où mes doigts vont la rendre folle pour commencer.

— Il y a dix jours, tu as rêvé que l'on se mariait. Dans ton sommeil, tu avais le visage qui rayonnait. Alors, quand je t'ai vue si heureuse, j'ai voulu réaliser ton souhait le plus vite possible.

— Et je parle souvent comme ça ?

— Ouais… et j'aime bien t'écouter.

Elle soupire en levant les yeux au ciel.

— J'espère que je ne dis pas trop bêtises.

— Jamais… La preuve, ce mariage en est la preuve.

— Tu es incroyable. Tu as fait ça tout seul ?

— Non, on m'a aidé.

Elle rit.

Quelqu'un frappe à la porte.

— Aileen ? Evan ? Vous êtes là ?

C'est Logan. Putain ! On va être souvent dérangés comme ça ?

Je m'exclame :

— Non… on n'est pas là, revient plus tard.

— OK, OK, j'ai compris. On attendra pour le discours.

— Ouais, c'est ça. Vous pouvez encore attendre longtemps.

Je ris dans le cou d'Aileen. Ils ne vont jamais me lâcher avec ça. J'ai voulu un mariage simple. Et puis, si l'on me laisse un micro, je risquerais de déraper dans mes mots. Ma femme ne va pas être très contente. Ils n'ont pas besoin de savoir que j'ai constamment envie de lui faire l'amour.

J'ai obtenu le bonheur que j'ai toujours souhaité. Une femme que j'aime pour sa simplicité, pour les petits sourires qu'elle me gratifie chaque matin, pour la joie qu'elle m'apporte au fil des journées et je ne veux rien d'autre au monde que son amour. Elle est mon cadeau éternel.

***

Il fait doux dehors. Le soleil vient de se lever, mais je suis le seul à être debout. Tout le monde dort à poings fermés. Certains ont trouvé refuge sur le canapé, d'autres dans les chambres libres. Quant à Logan, il squatte une banquette sur la terrasse avec une bouteille d'alcool vide près de lui.

Nous sommes restés un long moment dans notre chambre hier en fin d'après-midi sans être dérangés, mais lorsque nous sommes revenus à la fête, ma mère ne m'a pas lâché d'une semelle pour que je proclame le fameux discours. Malgré les nombreuses coupes de champagne qui avaient pris possession de mon corps, je me remémore encore de certains mots. J'ai spécifié tout l'amour que j'avais pour mon épouse, j'ai relaté les débuts de notre romance et comme je le savais, j'ai dit trop de choses. Je ne suis pas certain qu'ils se souviendront de ce discours, car je n'étais pas le seul à être sous l'emprise de l'alcool. Hormis son père qui a fait les yeux ronds quand j'ai mentionné que sa fille était une diablesse sexuelle. Je crois que je n'ai pas dit que ça. J'ai parlé de ma onzième dimension, mais les invités avaient l'air de ne rien comprendre. Aileen m'a arrêté à temps en prenant la parole. Elle semblait fâchée sur le coup, mais elle s'est prise d'un fou rire dû à mes mots ce qui a contaminé tous nos amis.

En fin de soirée, Mila et Emma ont mis en route le karaoké. Quand Alec les a rejoints pour chanter, j'ai pris de nouveau la fuite avec Aileen en l'emmenant vers l'océan. Nous avons passé une bonne heure, allongés sur le sable, les yeux l'un dans l'autre, dans le silence complet. C'était tellement bien. Simplement à deux.

J'écrase ma clope à terre et quand je relève la tête, je la vois devant moi, un peignoir blanc qui lui couvre le corps, son chignon à moitié défait. Je souris et lui tends les bras.

— Tu es déjà réveillé ? me demande-t-elle en collant sa poitrine contre mon torse.

— Ouais… je n'arrivais plus à dormir.

— Pourquoi ? Quelque chose ne va pas ? s'inquiète-t-elle en me caressant la joue.

Elle fronce les sourcils.

— Tout va bien. J'avais envie de prendre l'air. J'avais un peu la nausée. Je crois que j'ai fait fort hier.

Elle rit. Elle sait à quoi je pense.

— J'ai bien failli de te massacrer. Mon père allait faire une syncope.

Je ricane à mon tour en passant ma main dans mes cheveux.

— Il doit bien se douter que l'on ne se regarde pas que dans les blancs des yeux.

— Oui, mais il n'a pas besoin de connaître ma vie sexuelle.

— Oui, c'est vrai. Je me suis un peu emporté. Désolé.

Elle niche sa tête dans mon cou et effleure ses lèvres sur ma peau. Sa bouche remonte jusqu'au lobe de mon oreille. Un frisson m'envahit.

Elle me murmure :

— Viens te recoucher. On n'a pas fini la nuit.

— Tu as raison. Je vais retirer ce peignoir qui est de trop.

Elle pousse un cri quand je passe mes mains sous ses jambes afin de la porter. Logan se réveille et nous regarde étrangement. Aileen pouffe de rire. J'ouvre la porte-fenêtre et avance vers notre chambre. Nous sommes ici encore une semaine et je compte bien profiter de ce lieu paradisiaque.

Chapitre 23
Happy Ending
« Fin heureuse »
(The Strokes)

Aileen

4 mois plus tard, Chicago, dans une salle de concert.

Nous sommes mi-septembre. Le mois que je préfère parce qu'il est celui de ma rencontre avec Evan. Ça fait maintenant un an qu'il fait partie de mon existence. Quatre mois que je suis son épouse, un an où il me comble de bonheur, des mois et des mois où notre jeu devient de plus en plus torride. Depuis notre mariage, la vie semble être un fleuve tranquille. Enfin, presque.

Les médias nous harcèlent souvent, mais je ne me sens plus menacée. Kristen, Axel et Jedi sont toujours derrière les barreaux. Je ne connais pas encore la peine maximale qu'ils encourent, mais je pense être sereine un long moment sans les revoir. Le jugement aura lieu dans quelques mois et je prie pour qu'ils restent en prison jusqu'à la fin de leurs jours.

Kristen n'a jamais accepté qu'Evan puisse tomber amoureux d'une autre personne, mais lorsqu'elle a vu qu'Axel avait un faible pour moi et qu'il n'a pas réussi à m'amadouer, elle l'a pris sous ses filets. J'ai compris également qu'il était jaloux d'Evan, car il obtenait tout ce que lui ne pouvait pas avoir. Leur plan diabolique leur a permis de se rapprocher, mais ça n'a pas suffi pour détruire notre amour. Personne n'arrivera à nous séparer.

Nous sommes un couple solide et ensemble nous nous soutenons.

Nous avons passé des vacances chez mon père. Trois jours où il a montré ses talents de pêcheur à Evan dans la région de Finger Lakes. Je n'ai vraiment pas apprécié de dormir sous une tente. Les moustiques étaient amoureux de ma peau et ils me l'ont bien fait comprendre en me laissant de nombreux suçons sur tout mon corps. Contrairement à ce que j'avais imaginé, Evan semblait être détendu au bord de l'eau. J'ai ri plusieurs fois quand un poisson mordait à l'hameçon et qu'il ne savait pas comment s'y prendre pour le relâcher. Mon père et lui se sont trouvé une très belle complicité.

Nous avons ensuite parcouru la route des vins, ce qui nous a permis d'accéder aux plus grands vignobles de la région. Evan et mon père se sont fait le plaisir de les déguster et nous sommes repartis avec plusieurs bouteilles.

Nous avons également rendu visite à Shelly et Sacha. Ils ont une jolie maison à l'écart du centre-ville de Seneca Falls. Shelly a retrouvé la paix avec son corps. Elle ne vomit plus. Elle est restée un long moment alité. Maintenant que tout semble rentré dans l'ordre, elle se consacre à ses études par correspondance.

Sur le côté de la scène, j'applaudis quand les Hot Boys finissent en beauté la première partie du concert. Logan fait craquer toutes les filles. C'est un beau mec. Sa tactique : retirer son tee-shirt lorsqu'il chante pour s'exposer torse nu devant ses groupies. Ses cheveux arrivent presque à son menton. Je le vois se transformer de jour en jour. Il est beaucoup plus sûr de lui. En revanche, il fait toujours ressortir le bad boy qui est en lui. Je ne le vois jamais avec la même meuf.

Ils tapent tous un par un dans ma main en sortant de la scène et entrent dans les backstage. Mila est à mes côtés, accompagnée d'Ashton. C'est la première fois qu'ils assistent à un concert des Hot Boys et des Black Devils dans une grande salle. Cet après-midi, elle m'a confié qu'elle avait stoppé son projet « bébé ». Apparemment, même en s'envoyant en l'air très souvent, ça ne fonctionne pas.

— Bonsoir, je ne suis pas trop en retard ?

Je sursaute et me retourne brusquement. Mon père est habillé dans un style rock. Je cligne plusieurs fois des paupières. Je me retiens de rire. Je le détaille de la tête au pied : un cuir noir, un tee-shirt des Black Devils, un jean et des boots. C'est la première fois que je le vois vêtu de cette façon. En temps ordinaire, il opte pour ses affaires de pêche. Il est accompagné de Kathy, qui porte une affreuse robe jaune, orange et verte. Qu'est-ce qu'ils font ensemble ?

— Bonsoir, papa. Ils vont seulement monter en scène. Ça te va bien cette tenue.

— Tu trouves ? Kathy m'a aidé.

Je souris en regardant Kathy.

— Et… depuis quand vous… enfin vous deux… vous…

Je suis tellement surprise que je ne trouve pas les mots. Mon père ne m'a jamais parlé d'elle et je ne pensais pas qu'une femme de ce genre l'attirerait.

— Depuis quelques mois, crie mon père en essayant de se faire entendre dans cette foule qui commence à s'agiter nerveusement. C'est vrai, je ne t'ai pas tout dit. Nous avons sympathisé le jour de ton mariage et nous nous sommes vus de temps en temps.

Quel cachotier ! Jamais je ne me serais attendu à ça, mais le principal c'est qu'il soit heureux. Malgré son style vestimentaire un peu spécial, Kathy semble être une femme très adorable et mon père a enfin pris conscience qu'il était temps de s'ouvrir de nouveau au monde de l'amour.

Les Black Devils sortent des backstage. Dans la salle, c'est l'euphorie. Ça siffle, ça hurle et ça saute dans tous les sens. Immédiatement, je suis sous le charme de mon mari qui me lance un sourire ravageur. Il me tend la main et me ramène à lui. Ses lèvres se posent sur les miennes délicatement.

— Monte avec moi.

— Mais... pourquoi ?

— Tu verras.

Il prend ma main dans la sienne et me fait avancer vers la scène.

— Evan ! Si tu me demandes de chanter, tu sais que tu risquerais de perdre des fans ! Je t'ai déjà montré mes talents de chanteuse. Tu te souviens ?

Il rit.

— Je ne vais pas te demander de chanter, rassure-toi. Je vais te montrer quelque chose.

OK ! Ne pas paniquer. Tout devrait bien se passer, non ? Il y a seulement dix mille personnes dans la salle. Mon Dieu ! Je suis pris d'un vertige.

Inspire ! Expire !

Je monte les quelques marches qui mènent à la scène, le cœur battant la chamade. Evan prend son micro sans me lâcher la main. Il attend quelques minutes avant de s'exprimer.

— Bonsoir... merci.

Les sifflements continuent d'emplirent la salle. Je ne me sens vraiment pas à ma place. Je crois que je n'ai jamais vu autant de flashs d'appareil photo m'éblouirent les yeux.

— J'aimerais commencer sur une balade, dit-il soudainement. Une chanson que j'ai écrite il y a peu de temps… pour la femme de ma vie.

Mon corps se met à trembler quand Jayden et Stan ouvrent le bal musical. Evan pose sa main libre sur ma taille et colle son torse contre mon buste en me faisant danser. Délicatement, sa main se retrouve au niveau de mes fesses. Putain ! Il fait quoi là ? Il me caresse devant tout le monde. Mon Dieu ! Je dois être rouge. Et à croire qu'il sent mon angoisse, il la replace sur ma hanche. Sa voix si sensuelle me procure une vague de frissons. Ma chanson. Je vais pleurer. Je flotte dans les brumes du bonheur devant un public attentif à sa prestation. J'étais déjà émue quand il l'a chantée lors de notre mariage, mais cette fois-ci la sensation est plus intense. Les larmes me menacent. C'est une véritable preuve d'amour. Il me surprendra toujours et j'avoue que ça fait un bien fou. Mais ce soir, moi aussi j'ai une surprise. J'ai bossé pendant plusieurs mois sur un nouveau projet et j'espère qu'il sera autant touché que moi en ce moment.

**

— Evan ! S'il te plaît, laisse-moi te montrer quelque chose.

— Je n'ai pas envie, grogne-t-il, ses lèvres à quelques millimètres des miennes.

Il est déchainé. Sa bouche s'empare de la mienne avidement. Et j'avoue que je ne saurais pas résister à son baiser si endiablé. Ses deux mains puissantes saisissent mes hanches et il me porte jusqu'au lit. Il allume la lampe de chevet et grimpe sur moi en écartant mes cuisses.

— Je le savais, ricane-t-il en admirant sous ma jupe.

— De quoi, tu savais ? Je ne t'avais rien dit.

— Je l'ai senti quand j'ai posé mes mains sur tes fesses lors de notre danse sur la scène.

Je glousse.

— J'ai oublié mes culottes à la maison. Mais je te signale que c'est ta faute.

— Comment ça, c'est ma faute ? hausse-t-il les sourcils en caressant mon entrejambe.

Je frissonne.

— Dois-je te rappeler que tu ne m'as pas laissé le temps de finir ma valise hier soir ?

— Ouais et tu es certaine que c'est ma faute ?

Je rougis.

— Comment aurais-je pu résister ? Tu l'avais fait exprès.

C'est vrai, il a raison. Il est entré dans la chambre pendant que je préparais ma valise en lingerie très sexy. Je faisais des essais sur la tenue que je voulais porter ce soir.

— Du coup à cause de toi, je suis obligée de me promener sans culotte.

— J'aime bien cette idée, ça ne me dérange pas.

Il lèche l'intérieur de ma jambe et embrasse mon intimité. Oh ! Mon Dieu ! C'est trop bon ! Mais je dois résister !

— Je veux te montrer ma surprise maintenant.

— On a le temps. Je veux profiter de cette chambre d'hôtel, dit-il d'une voix trop sexy à mon goût.

Il relève la tête. Sa bouche parcourt mon cou.

— Je ne sais pas si je vais te faire jouir. Qu'est-ce que tu en penses ?

— Je pense que tu vas perdre, ricané-je en roulant sur le matelas afin de me dégager de son étreinte.

— Ne rêve pas ! Tu ne m'échapperas pas.

Il me retient par la jupe. Je me mets à rire.

— S'il te plaît.

Je le supplie dans mon regard et bats des cils.

— Non ! J'ai envie de te rendre folle.

— J'ai écrit notre histoire… et j'aimerais avoir ton autorisation avant de le proposer à des maisons d'édition.

Il lâche ma jupe et passe sa main dans ses cheveux en se redressant. J'en profite pour descendre du lit. Je cours jusque dans le couloir, ouvre ma valise et sors mon ordinateur.

— J'espère que tu vas aimer, dis-je en montant sur le lit.

— Je ne vois pas pourquoi je n'aimerais pas. Allez montre-moi ça, mais dès que j'aurais fini de lire, attends-toi à une revanche.

Je ris en posant l'ordinateur sur mes genoux. Je l'allume et tourne l'écran devant ses yeux. J'ai le cœur qui s'emballe. J'ai passé des journées à écrire et je pense vraiment que j'ai trouvé ma vocation. Je croise les doigts pour que ça lui plaise.

***

— Et maintenant ? Je peux te faire l'amour ?

Je ris.

Il referme mon ordinateur et le pose sur la table de chevet. Il a tenu quatre heures sans me toucher. Quel exploit !

Il se débarrasse de son tee-shirt d'une façon sexy et tire sur mes jambes pour que je m'allonge.

Dis-moi au moins ce que tu en penses.

J'essaie de me débattre. Sans succès. Il m'emprisonne de son corps.

— Ça manque de sexe, murmure-t-il en malaxant mon sein gauche. Enlève-moi ce tee-shirt.

— Non ! Je veux savoir si tu as aimé ou pas.

— Tu ne me laisses vraiment pas le choix.

Oh ! Bordel ! Ses yeux deviennent malicieux, reflétant un désir inflammable. Il serre le tissu de mon tee-shirt et me l'arrache d'un coup sec. J'ai envie de le frapper.

— Réponds-moi !

Il ricane dans mon cou.

— Je vais te récompenser. Voilà, tu sais tout.

— Oui, mais c'était bien écrit ou pas ? Donne-moi des détails.

— Je te l'ai dit avant de le lire, je ne vois pas pourquoi je n'aurais pas aimé. Tu as un talent fou.

Il soulève le bonnet de mon soutien-gorge et prend un de mes tétons en bouche. Mon sang s'embrase quand il le mordille. J'ai envie de savoir son ressenti, mais dès qu'il s'occupe de mon corps, je suis complètement ailleurs. Difficile de résister à toute cette tendresse.

Sa bouche se pose partout sur mon buste. Elle descend délicatement sous mon nombril. Je me perds dans son acte si charnel. Je connais sa réponse, mais j'aurais voulu qu'il me le dise de vive voix.

Il continue de m'explorer en nichant sa tête entre mes jambes. Je ferme les yeux et tire sur ses cheveux quand sa langue entre dans l'antre de ses rêves. Mon corps se cambre, je gémis à ses coups de langue qui gagne en profondeur. Ma peau devient moite. J'ai terriblement chaud et je prie pour qu'il vienne en moi rapidement.

— J'ai envie de toi, Evan. S'il te plaît, maintenant.

Il ignore mes mots. Son doigt a pris le relais et de sa bouche experte. Il effleure sa bouche sur mon ventre puis il lève la tête. Yeux dans les yeux, il continue ses va-et-vient dans mon sexe complètement trempé. Son sourire me fait l'effet d'une secousse dans mon corps. Je plane. J'ai l'impression d'être droguée.

— Je n'ai pas envie d'être sage, chuchote-t-il près de ma bouche. Tu m'as trop fait attendre. Je crois que je vais me venger.

Je fais non de la tête. Je veux qu'il continue de me procurer autant de frissons. Pourtant, je suis fatiguée. Il est presque six heures du matin et nous n'avions pas fermé l'œil de la nuit.

Son souffle chaud balaye mon visage.

— Evan... fais-moi l'amour. Pas de jeu.

Je suis sur le point de jouir quand il insère deux doigts en moi. Je mordille ma lèvre inférieure en bougeant mon bassin pour mieux sentir ses mouvements. L'orgasme pointe. Mon corps s'élève, submergé d'un désir profond. Je gémis, mais d'un coup il abandonne tout. Je le foudroie du regard. Il ne va pas s'arrêter ? Pourquoi se lève-t-il ? Je l'empêche de s'enfouir en empoignant son bras, mais je n'ai pas assez de forces. Il remet son tee-shirt et enfile son cuir. Non, mais je rêve ?

— Où vas-tu ? demandé-je en sortant du lit.

— Fumer une clope.

— Non, mais je n'y crois pas ! Tu vas me laisser comme ça ?

Il me détaille de bas en haut.

— Bien sûr que oui. Tu connais les règles, ma chérie.

— Va-t'en, je hurle en attrapant un oreiller.

Il me sourit de toutes ses dents. Je balance l'oreiller qui atterrit à ses pieds. Je soupire, furieuse.

— Tu as toute la vie pour te venger.

Et sur ces derniers mots, il claque la porte derrière lui. Je bous de rage, prête à exploser, mais tout d'un coup, je me mets à rire comme une sotte. Notre dimension. Notre jeu. Ça me rend folle, mais j'en suis raide dingue. Quand il remontera, il devra s'attendre à une belle revanche. Aileen la tigresse est au taquet et il va voir de quoi je me chauffe.

Tout le temps avec toi

Tu es arrivée dans ce brouillard,
Où mes nuits n'étaient que cauchemars,
Perdu dans la lueur de tes yeux,
Un côté ange, un côté malicieux,
Tes cheveux bruns légèrement ondulés,
Sentait un goût de fête, un goût sucré,
J'ai joué avec le feu,
Comme un enfant un peu curieux.

Dans tes bras, je vois l'horizon,
Un bout de chemin, de la passion,
Des nuits aux saveurs épicées,
De l'amour, un coup de foudre, je perds pied,
Dans un monde nouveau, je te guide,
Sur les hauteurs des pyramides,
Je te donne les secrets de mon cœur,
Comme un rêve en couleur.

Et si on prenait un instant,
Sur une danse de sentiments,
Voler dans les airs, sans aucun bémol,
Dans un accord parfait, on prend notre envol,

Main dans la main, je te promets,
Tout le temps, sans jamais te lâcher,
D'être la clef de ton bonheur,
Dans un monde meilleur,
Je rêve d'être avec toi,
Là où personne ne nous atteindra.

Au clair de lune, toi et moi,
L'amour grandit à grands pas,
Quand tes nuits sont froides,
Je t'emmène sur une balade,
Sur un havre de paix,
Tu me confies tous tes secrets,
Le chant de notre amour,
Est notre love story de tous les jours.

Pomme d'amour, pomme de mes envies,
Gourmandise de mon paradis,
Je t'offrirai des roses de diamant,
Que l'on trouve au gré du vent,
Dans le pays magique,
Où la vie est angélique,
J'y tiens, c'est ma promesse,
De la magie sans aucun stress.

FIN

Vous avez aimé votre lecture ?
Découvrez les autres romans des éditions So Romance disponibles en format papier et numérique.

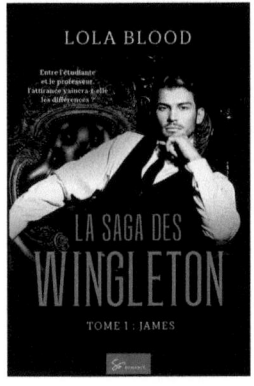

La Saga des Wingleton
Tome 1 : James
Nina, jeune étudiante de 20 ans, a une vie peu conventionnelle : étudiante le jour, gogo danseuse la nuit. Difficile de garder sa vie nocturne secrète... Et, comme si la situation n'était pas suffisamment compliquée, il fallait que son professeur, James Wingleton, soit cet être aussi intrigant que sexy... qui ne lui semble pas si indifférent. Arrivera-t-elle à résister à la tentation ? Saura-t-elle protéger ses secrets ? Pourra-t-elle combiner son travail de gogo danseuse avec une relation ?

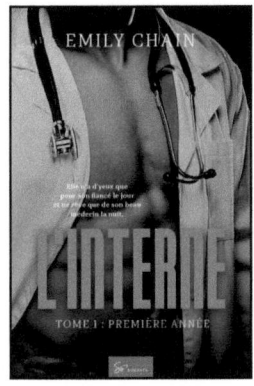

L'Interne
Tome 1 : Première Année
Devoir déménager pour accompagner son fiancé, jeune avocat à l'avenir prometteur ? Pas facile. Mais que dire quand, en plus, on apprend que l'on est stérile ? Le cauchemar pour Julia, qui avait déjà imaginé sa vie de famille... Elle décide donc de reprendre ses études et de se lancer à corps perdu dans son internat dans l'un des plus grands hôpitaux de Los Angeles. Le petit bémol ? Ce beau médecin, Dean, rencontré par hasard quelques jours avant, qui hante ses rêves les plus chauds... Tant que ce ne sont que des rêves, ça va... non ?

Autumn
Tome 1 : Mon coeur s'ouvre à ta voix
Lorsque le lieutenant Jay Ransom retourne dans l'État du Vermont, il ne s'attend pas à être aspergé de peinture rose par Autumn Hensley en guise de bienvenue. Frappée de mutisme, la jeune femme fréquente peu de gens. Irrépressiblement attiré par cette personnalité atypique, Jay s'impose avec panache dans l'univers d'Autumn et libère à son contact une part de lui-même jusqu'ici inexplorée. Mais le métier du militaire parviendra-t-il à protéger leur histoire de tous les dangers ?

Je t'ai rêvée
Tome 1 : La clef
Yohann et Greg profitent de la vie en plongeant régulièrement dans un paradis artificiel grâce aux stupéfiants — tout l'inverse de leur sage amie Lena. Tous les trois se connaissent depuis longtemps et leur amitié est fusionnelle… Mais quand Yohann s'engouffre corps et âme dans l'amour, ce sentiment inconnu jusqu'alors pour lui, cet équilibre chavire, et les trois amis apprendront à leurs dépends que rien n'est jamais acquis, surtout en matière de sentiments…!

Pour en savoir plus
www.soromance.com

© Éditions So Romance, 2020 pour la présente édition

Éditions So Romance
159 avenue de la Couronne
1050, Bruxelles
www.soromance.com

D/2020/14.771/04
ISBN : 9782390451020

Maquette de couverture : Philippe Dieu
Photo : © Viorel Sima / Shutterstock